一个女人 看女人

沈睿 著

山西出版传媒集团 山西教育出版社

目 录

第二辑

女人的美丽

第三辑

女人的聪慧

第四辑

女人的灿烂

第五辑

女人的服饰

序

我爱女人，也爱看女人

女人是可敬、可爱、好看的性别。就我的生活来说，我一生遇到过很多出色的女人、温暖的女人、好看的女人，这些女人让我觉得生活值得、生活温暖，女人让世界更美好。因为对女人的热爱，也因为自己是女人，我喜欢服装，特别是女人的服装，服装是一种文化，也是一种语言。因此这本书就写了一些美好的女人的故事，是满满的美的故事、善的故事；这本书也写了服装，我其实是从服装的角度谈女人的生活与生活的意义。

这本书献给每一个心怀善意、热爱生活、喜欢服装的女人，也献给我的女朋友们，因为我们在一起常常谈论服装与女人、服装与生活。我希望女人强大，有足够的力量撑出自己的美丽天空；希望女人有梦想，没有梦想的生活不值得过下去。服装是表达梦想的方式，善意是生活美丽的出发点。

我出生在北京，成长在树荫遍地的四合院里。北京是我心中难以割舍的情结，院子里的槐树、榆树和枣树遮住天空，鸽子们吹着哨欢快地盘旋。在美国写中文，满足我对母语强烈的渴望和热爱，汉语是美丽的语言，在我的故事里，我表达的是真、善、美。希望读者跟我一起在温暖美好的世界里漫游、思考；希望这些文字给读者带来欢乐、感动与鼓舞。

我对生活充满好奇，时刻被未来诱惑着。女人的视野可以很远大，大到比天空还广阔；也可以很小，小到生活的穿衣打扮。从一个女人的角度看女人，实则看到的也是另一个自己。

2015 年 3 月

于美国亚特兰大

第一辑

女人的温暖

女人的温暖

给学生考完试第二天我就飞回家，朋友娜塔莎送我去机场。她是从俄国来的，灰色的大眼睛总是有温暖的笑意。她穿着高跟鞋、短裙，洋气得好像要和我一起去巴黎。我看她的高跟鞋，至少有三寸，而她本来就是一米七八的个子。

我打趣："这么漂亮，要去约会？"她笑："难道没有约会就不能穿高跟鞋了？""我是担心你冷。"她摇头："我是从西伯利亚来的，这里的冷，简直不能跟我们那儿比。"她穿着假狐毛大衣拥抱我，隔着大衣我感到她的身体十分温暖。

上了飞机，我的位子在中间，左边是一个胖胖的女人，有六十来岁；右边也是一个胖胖的女人，肤色发黑，也有六十来岁。我好像是坐在两座胖胖的小山之间，我想，这排座位代表当代美国女性：白人、黄人、黑人，而且都是中年人。

一坐下来，我就两边问好，她们也都热情地回应，于是三个女人一台戏，我们的戏剧对白就开始了，孩子、丈夫、房子、天气、旅行的目的……好像是多年的好朋友。天下的女人都是这样，无论到哪里，因为我们是女人，就能自然而然的感到“全世界的女人都联合起来的”，如同志般的亲密。

左边的胖女人，全是笑意，告诉我们她是去看刚刚怀孕的女儿，“女儿怀了双胞胎！”她兴奋地说。她女儿去年六月结婚，孩子的预产期是六月，而她的生日也是六月，“将来每年的六月我们就有很多可以庆祝的事情了！”她讲到去年生日，女儿请她来，她以为是庆祝生日，没有想到也是女儿的婚礼。

她有一个儿子，一个女儿，已经有四个孙子孙女，明年又会有三个——女儿的双胞胎；儿子的妻子也怀孕了。她还告诉我们侄子刚刚离婚，搬来跟她同住，“那么大的房子只有我一个人，我很高兴侄子和他的两个孩子搬来”。明天她会跟女儿去医院，听孩子的胎音。“我明天一定会哭的，现在都激动得想要哭。”

谈到自己时，她说："我是一个喜欢拥抱的人，拥抱让我觉得舒服和高兴。"听她欢快地谈论生活、孩子和喜好，我也跟着高兴。

"前两天新闻说你们那个地区下大雪，你们那里是很冷吗？"她笑："啊，是，有些人被阻在高速公路上呆了二十四个小时。我是不出门的，在家烤小点心吃！我烤的小甜点，好吃极了，我们全家都喜欢。"

右边黑肤色的胖女人也都是笑意。她说："太热了，不是吗？"我点头，飞机里确实热。她继续说："我最怕热了。我住在马萨诸塞州，也是去看儿子。他在机场接我，然后要开车到另外一个城市去，我的家人都住在那里。我们这次是回家乡过节。"她听到左边的女人说喜欢烤甜点，大声地拍手："我也喜欢烤甜点。"

她们两个交流烤巧克力小饼干的体会，我坐在她们中间，有点馋起来："我真想吃一块甜点了。"她们都立刻要拿包，找甜点给我，我使劲摇头摆手，正好乘务员过来，我们都要了咖啡。她们两个齐声赞美，这个咖啡多么好，我也点头，这种乐观，影响了我，感动了我。

我常常想我爱女人胜过爱男人，因为世界上的女人大多很有趣。女人能享受简单的美，就是谈论吃喝、家庭，也都有单纯的快乐，有抑制不住的温暖，有对生活的激情与热爱。飞机上这两个胖胖的女人激起我心底蕴藏的快乐，让我觉得暖流在人生长河上流淌。

飞机降落滑行的时候，左边胖胖的女人说："年轻的女士们，希望你们过一个欢快的圣诞节。"右边的胖女人欢呼雀跃："姐妹们，好好烤我们的甜点吧。"我们点头："你也是。"她仰头笑："我肯定会的。"

我先站起来，替她们拿下包，她们一齐表达感谢。去转机时，想到她们都应该在亲人的拥抱里了，我一定是笑着走出机场的。是啊，女人是给世界带来温暖的人。要是没有这样胖胖的、快乐的，喜欢做小甜点，喜欢跟陌生人交谈，喜欢孩子们的女人，世界该多么寒冷啊！

天使的面孔

整个夏天我都在旅途中，两个月来我都在不停地飞，从东飞到西，从西飞到东。从里程上看，我绕着地球飞了一圈还多。一路风尘，我累了，夏天就要过去了，新的学期马上开始了，而我似乎还没有准备好，心中全是担忧与焦虑。

从中国飞回妹妹所在的南方大都市休斯敦，还要再飞，回到我工作的地方，位于美国东部的安纳波利斯。在妹妹家的这个夜晚，因为倒时差，我夜里两点醒来，无法做别的事，拿起一本书，是我喜欢的作家安·泰勒（Anne Tyler）的一本新小说。

一夜我竟读完了这本小说，心情却变得更为焦虑与抑郁。多年来我一直喜欢安·泰勒，可是这本小说我却不喜欢。作品中的主人公，一个五十三岁的中年妇女回顾自己的生活，突然觉得自己的生活整个都错了。她想回到过去，想试试重新开始，可是生活的轨迹却已经被三十多年的习惯定格了，她走不回去了，就是跟过去的情人相聚，也无法有想象的欢欣。

放下这本小说，我突然觉得这个故事好像是一个寓言，以前我总幼稚地相信生活可以重新开始，可是这本小说对我说不。现在的生活，就是我们的生活。人到中年，五十出头的女人，能做的，都做了，还有可能做什么不同的事情呢？

昨天刚到休斯敦，妹妹、妹夫给我接风，我们到一家中国餐馆吃晚饭。我坐在桌子旁看四周的人，餐馆爆满，一家家的人围着大桌子，显然中国家庭喜欢上餐馆享受生活。我注意这些家庭中的母亲，个个都人到中年，微微发胖，坐在饭桌旁，默不做声，而说话的都是孩子和男人们。我看着这些中年的女人们想：对这些人到中年的女人来说生活能否再次重新开始？她们怎么能开始新的生活呢？她们渴望开始新的生活吗？或者她们现在的生活就是她们希望的？

今天黄昏时分，我在机场等回东部的飞机。飞机晚点了，我跟一个朋友在电话里聊天，他今年二月份到北京去教英文，不久前回到美国的家度夏，秋天的时候准备再去中国。他告诉我，他很想念北京，想念中国。美国实在太安静了，而在中国是那么容易交朋友。

我在这边不说话，听他絮絮叨叨。他希望在中国重新开始生活，找到一个中国的太太，作为生活的伴侣。他五十五岁了，想找一个四五十岁的中国女性开始新生活，这可能吗？我不是一个完全实际的人，可是觉得他的希望恐怕只是希望，而实现的可能性却渺茫。在这个年龄，文化的差别、年龄的力量，都是阻碍。人到中年，无论是中国还是美国的，恐怕不那么容易找一个女性开始新生活。

上了飞机，我看到有一排位子上只有一个人，一个六十多岁的女人坐在靠走道边的座位。我问她："我可以坐到里头靠窗的位子吗？"美国西南航空公司的特殊登机方式是不分配位子，自己上去找，愿意坐在哪里就坐在哪儿。这个中年女人微笑地看着我，站起来，给我让路。我注意到她站起来要花很大的力气，心里有些过意不去。谢了她，坐下来，如往常一样，我在等待起飞的过程中睡着了。

等我醒来，飞机已经飞了快一个小时。被乘务员叫醒，问我喝什么饮料。我睡意蒙胧地要了饮料，侧头看看身边隔着中间位子的她。她穿着一件天蓝色的网眼毛衣，里面的内衣也是天蓝色的。她的头发很长，染了黑色的，可以看见头发的白根，有半寸左右。看到我打量她，她也微笑地着看我，我点头，礼貌地说："回家吗？还是去巴尔的摩玩？"

她一双炯炯的眼睛全是微笑，"我的外孙女高中毕业，要上大学了，我去参加她的送别晚会，也去看我的女儿。"她说话带口音，不是美国本地出生的人，如我一样。她问我："你呢？"

"我从中国回来，转道去休斯敦看了妹妹，然后回家。"

她问："你是哪国出生的？"

"中国，你呢？"

"我是埃及人。"她说，"我四十二年前来到美国，今年八十四岁了。"

我大叫："不可能！你不会有八十四岁！"

"我真的八十四岁了，今天是我的生日，我要到女儿家庆祝生日！四十二年在埃及，四十二年在美国，我热爱美国，这是个伟大的国家。”

我点头。

“我四十二年前来到这个国家，那时埃及换了新政府，我的丈夫以前是外交官，换政府他就失掉了工作。一天晚上，政府的人来到我们家，要我们十天之内搬出去。政府不喜欢富人，谁富谁倒霉。我站在院子里，看他们搬我们的东西。就在那个夜晚，我们什么都失去了，房子、土地……埃及是个很大的国家，我们有很多土地，可是都失去了，我们什么都没有了。我那时在美国福特基金会工作，申请这个工作的时候非常巧，我在报纸上看到这个工作，要一个可以说法文和英文的人。我小的时候在法国修女办的学校里上学，法语跟我的母语阿拉伯语一样好；中学的时候我在摩洛哥英国人办的学校里上学，我也会英文；因为丈夫是外交官，跟他到过很多国家，我们在意大利住过很多年，所以我的意大利文也很好，因此我很适合那个工作。我跟福特基金会说明我的情况：丈夫没有工作了，家也没有了，决定全家去美国。福特基金会帮助了我，立刻给我准备申请签证的文件。

我拿到文件去办理签证，使馆的人说，‘谢天谢地你今天来，要是你明天来，就会是一个不喜欢埃及人的签证官，你将拿不到签证的。’房子被没收后的十天，我们就飞到美国来了，到了休斯敦，那时候那还是不大的一个小城。我到处找工作，什么都干，在休斯敦的安德森医生医疗中心当秘书、作资料员，后来到放射科工作，我一步步地干，七十五岁还没有退休”

我信仰基督教。八岁的时候，上帝出现在我的面前，告诉我，我是他的信徒，他将考验我。我把这件事告诉了我的父亲，他是埃及人，是穆斯林而不是基督徒，我的母亲是黎巴嫩人，是基督徒。父亲听了我的话，鼓励我跟着自己的精神信仰走，因此我去了天主教学校。我的父亲和母亲信仰不同，可是他们很合得来。我们家三个孩子，一个基督徒，两个穆斯林，我们自己选择信仰。每当有困难的时候，上帝就会出现在我的生活中，他鼓励我，给我精神支持。比如今天你上飞机的时候，我看见你，就忍不住祈祷：上帝，让这个人跟我说话……你睡觉了，但你睁开眼睛就跟我说话。上帝听到了我的祈祷！

上帝告诉我，困难总会被克服，只要坚持做，没有做不成的事情。上帝时时刻刻照顾着我，爱着我，我决定一生都要报答上帝。己所欲，施予人；己所不欲，勿施于人。这是我的基本准则——要让别人爱你，你先爱别人；要让别人帮助你，你先帮助别人。你要相信上帝对善行有善报，对恶行有惩罚。相信这些，你就会努力做好事，做好人。

我在你的眼睛里看到光芒——你是一个非常善良的人。显然善于分析，你太理性了，需要感性，需要用你的心而不是头脑思考。你信仰什么？你不信基督教？你遵从儒教、佛教？这都没有关系。宗教本质上都是相似的，都是教人们向善。儒教也说，己所不欲勿施于人，很有意思。当然佛教讲轮回报应，跟基督教是一样的道理。在我看来，《可兰经》《圣经》都是一样的，小的时候，这两本书都读过，我都熟悉。我看到你，知道可以跟你说话，我看得到你的眼睛里有那么强烈的光！可是你也有很多低落的时候，是不是？我看得出来，你非常怀疑自己、怀疑世界，这样对你不好。你要相信上帝创造了你，是有目的的，你的生命就是完成他的目的，上帝会跟你在一起，特别是你低落的时候，想到上帝，就一定能鼓起勇气来。

我四十二岁来到这个国家，重新开始生活。带着三个孩子，带着我的丈夫。哦，他来到美国后，陷入忧郁，天天喝酒。我祈祷上帝，让他戒掉酒，后来他成了一个机械工，可是不愿意工作，因为他还是觉得自己是外交官。有一个对生活不满意的丈夫，这是上帝对我的最大考验。我在上帝的指引下，相信他会照顾我，我把自己交给上帝，所以我对生活充满信心，信心是上帝对我的最大的支持，所以你低落的时候，要想到上帝。尽管我的丈夫不是这样。”

两个小时过去了，她侃侃而谈，我惊异地听着她底气十足的声音。她的大眼睛闪着光芒，激动的光芒还是上帝的光芒？今天她八十四岁了。对一个陌生的人——也就是我，讲信心、勇气、力量。

这正是我需要的。面对不可知的未来，我需要信心、勇气、力量。我听呆了。她鼓励我，赞美我，不停地告诉我，她看到了上帝的光，那光将照耀着我。我忍不住拿起相机：“我可以给你照相吗？”我问。“可以。”她微笑着，继续说：“你要相信你需要的时候，上帝会派天使下来，给你力量，做你的保护神。天使的面孔，你要能看到他们。”

我点头，使劲地点头。

下飞机的时候，她拥抱我：“我要为你写诗歌，孩子。”我把自己的电话和电子信箱都给了她，也要了她的邮箱。我保证，给她寄去我拍的照片。

走下飞机，已经过了午夜。巴尔的摩夏夜的空气是凉爽的，特别是深夜，我回身望着她，她坐轮椅走了。虽然已经不能利索地走路了，但她的面孔始终洋溢着青春的光芒。

我望着她的背影，看见了天使的面孔。

倾国之恋

认识邦妮夫妇是二十年前了，1991 年秋我在社科院与美国加州洛杉矶大学合办的一个英语训练班里学习。老师中有四个美国人，其中一个就是邦妮，她和一个中国男人结了婚。

我好奇地打量这位美国老师的中国丈夫：个子高高的，戴着一副眼镜，文文静静的。他是江西人，在大学里教书。邦妮是白人姑娘，鼻子尖尖的，一双蓝绿色的大眼睛，棕色的头发，脸颊上有细小的雀斑，看起来很像一个洋娃娃。

邦妮结婚后，用美国的习惯，把她的姓和她中国丈夫的姓连在一起。看着这对异国夫妇，我很好奇，因为在中国，女人与外国男人的婚姻比男人与外国女人的婚姻要常见多了。我想，这个中国男人有什么特质让美丽的外国姑娘爱上了他?

我跟他们不熟，对他们夫妇的为人处世都不太了解。英语训练班结束后，邦妮和她的丈夫回到美国去了。两年后我也来到美国，与老师们联系不多，毕竟我们都有各自的生活，我也不是一个时刻与别人保持联系的人，因为自己的生活动荡不安：忙着读书，带孩子，找工作。作为学生，没有闲暇与心境跟人们时刻保持联系。

十多年前，在另一个英语老师的婚礼上，我再次见到了他们夫妇。他们有两个孩子，女孩子三四岁了，男孩子一岁左右。我抱着那个漂亮的男孩子，因为孩子的头发是黑色，婚礼上的人都以为是我的孩子，我也打趣地冒充孩子的妈妈。那时邦妮知道我离婚了，走过来对我表示同情，说："上帝会帮助你的。"我微笑，点头，不知该怎样回答。

人生真快，这么多年过去了，我没有跟邦妮和她的丈夫联系过。一年前我听说邦妮生病了，是不治之症，生命垂危，医生已经宣告不再治疗了。我听后忐忑不安，为自己的惰怠后悔，可是我不知道该怎样和他们联系。今年春天我正好来到旧金山，我要了邦妮的电邮，给她和她的丈夫写信，说我要到旧金山度假，是否可以看望他们。第二天我就收到了邦妮丈夫的信，他欢迎我来，并给了我地址和电话。我回复，说我到了旧金山后会给他们打电话，再安排。

3 月 18 日早上，我给他们打了电话，邦妮的丈夫详细地告诉我开车怎样走。我从市区出发，到五十多英里外去看望邦妮一家。

天气好极了，我开着车，却不知道怎样面对即将见面的患不治之症的邦妮和她的一家。邦妮今年五十岁，也许快五十一岁了。命运不测，她竟患了癌症晚期，医生预测她不会活过去年感恩节。面对这样的事情，我不知道该怎样表示安慰。我是一个不太会表达安慰和接受安慰的人，我只想去看看她，看看她的孩子和丈夫，表示我跟他们在一起，也表达对邦妮的感谢。没有那个英语强化训练班，我会来美国吗？不会。

想起邦妮给我们上第一堂课的情形。她的课是每天的第一节，教我们听力和口语。她放广播，要我们转述内容；她讲故事，要我们复述。我还记得邦妮教我们做芝麻酱三明治时，不是手把手教做，而是要我们表述出来怎么做，通过这些小事来训练我们的英文表达能力。在我当老师后，掌握了很多教课的技巧，常常会想到某个技巧其实我见过，在学英文的时候，我的老师用过，邦妮是我第一个“身教胜于言传”的教学法老师。

我知道邦妮最初是基督教会派去到中国江西教英文的，就是在那里遇到她的丈夫。我对他们的浪漫史不太清楚，来到美国之后，我没有跟他们联系，毕竟他们是夫妇，生儿育女，忙于自己的生活，任何有孩子的人都知道跟朋友时刻保持联系是多么不容易。我偶尔会从其他老师那里听到他们的消息。

邦妮的家在旧金山的郊外，虽然转换很多路，但我没有迷路，阳光一直明媚。快到她家的时候我去买花，可是在商业区转了二十多分钟竟找不到花店。后来一个售货员告诉我在某处有个花店，正好在去邦妮家的路上，我觉得好像是天助我也。我想到邦妮以前给我们上课的时候，总喜欢穿花裙子，她白皙的皮肤配粉色的大花裙子非常好看，我就买了一打粉色的玫瑰。

癌症已经是我们生活中常见的病了，我们或许也会以各种癌症告终。听说邦妮的丈夫从去年年底就请假在家照顾她，要陪她走完人生这最后的几个月。邦妮现在是什么样子呢？我对邦妮的丈夫也毫无了解，他现在情况如何呢？孩子们呢？

想着想着我就快到他们的家了。我心中有很多疑问，甚至感到一丝恐惧，我不知道面对一个即将死亡的人，自己该如何反应。我打了电话，邦妮的丈夫说他出来接我，说话的时候我已经在他们的家门口停了车。他出来了，十多年没见，变化不大，只是头发花白了，人显得非常的瘦，好像是印度的甘地，这是我的第一个印象。

他看起来怎么像甘地呢？我想着。他迎接我进了家，走进邦妮的房间。

邦妮躺在洁净的床上，对我的到来，没有做任何反应。邦妮的丈夫说，她今天早上还可以，可是过了十点多钟后，就开始丧失反应。邦妮前几天腿部浮肿，去医院，医生开了一些药，吃下去似乎有副作用。

我看着邦妮，她静静地躺在床上，脸色尚好，头发剪短了，房间里非常干净，一束花摆在床头，阳光明亮，她看起来像一个无知单纯的孩子。

我坐在床的对面，看邦妮的丈夫跟她说话。他轻轻地叫着："亲爱的，亲爱的，沈睿来了，你还记得她吗？她是你在中国的学生。"他向她报告我来了，邦妮没有任何反应，她的眼睛半睁着，可是好像什么都看不到，又好像已经在另外的一个世界里。

邦妮需要的用具都整齐地摆在架子上，一切都显得温馨、整洁，散发纯净的味道。邦妮的床边还有另外一张床，是他的床。邦妮的丈夫，管这个房间叫“我们的房间”。我跟他说话，只问一些基本情况，有些情况，不用问，我也看得出来。

他告诉我这两天邦妮的右腿突然肿了，他们叫了救护车，带她去了医院，医生也没有做太多的治疗，给了一些药，就回来了。不过，他现在每天给她打治疗血栓的针。他不停地担心：“她是不是因为药的副作用而发作癫痫呢？她这样没有反应，是很奇怪的。”他似乎是自言自语，显得很忧虑。

我看出他的忧虑，可不知道该说什么好：“难道邦妮一直是这样？”他说不是，很多时候邦妮是有反应的。她自从三年前被发现患有癌症后，一直做积极的治疗，可是癌症还是扩散了，她的大脑里现在有三个瘤。自从医生宣布不再医治后，他就请假在家照顾邦妮，帮助她走完人生这最后的一段路。医生说邦妮活不过去年，“可是，我相信奇迹，”邦妮的丈夫说，“你看邦妮这不还和我们在一起呢。”他感到欣慰，

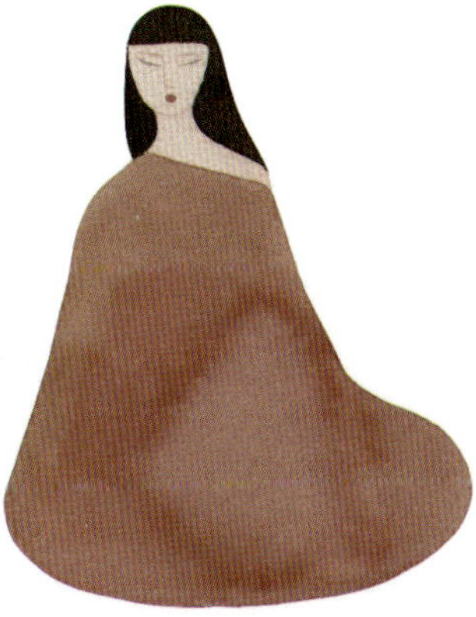

【女人·坚毅】

做坚毅的女性！

生活中会遇到挑战无数，

仅仅因为你是女人，世界就会不相信你的能力，

不相信你的才干，不相信你的智慧，

他们要你闭嘴，他们要你屈服，他们要你低眉顺眼，

但你一定记住：

坚毅是女人的品格，做一个坚毅的女人。

说这个话的时候，眼里闪着亮光。

我们聊天，一是聊邦妮的病情，二是聊我们这么多年的人生，三是聊我们对死亡和人生的看法。面对几乎没有任何反应的邦妮，我们自然而然就聊向这些话题。在谈话期间，邦妮的丈夫给她换尿布，喂水。这个骨瘦如柴的人，悉心温柔地照管着他的妻子，不停地跟她说话，好像她听得懂一样。我们开始的时候说中文，后来，邦妮的丈夫改说英文。我明白了，他是希望邦妮能听得懂，虽然她没有反应，不能加入我们的谈话，但他相信她能听得懂，这样悉心的举动，触动了我。

谈话之中，邦妮的丈夫对我说，去年九月份在她丧失正常功能之前，曾经写了一篇小文章，谈及她对生命和死亡的想法。她把这篇文字寄给了全国广播电台，没想到还真的在网站上刊登了。我说，很想看一下。走到厨房，他打开电脑，给我看这篇发表在全国广播电台网站上的文章。

文章不长，我还没有阅读完，泪水就涌在眼眶里。这是一篇真挚的文字，谈的是生命和生活的意义，也正是我这些天所遇所想的问题。邦妮的文字似乎给我一个最明确的答案，我把全文在这里翻译出来。

“我二十三年在大学教英文的生涯里，前十七年的每个学期，我都给学生布置同样的作文，写一篇关于逆境的文字，谈他们在生活中曾经面对的逆境，以及怎样克服这个逆境，他们从中学到了什么，为什么经过此次逆境，他们成为更好的人。对大多数学生来说，这篇作文具有转变性的作用。

去年十二月，我遇到人生中最大的逆境。我被诊断为癌症晚期。三年前医治的直肠癌已经扩散到我的肺、肝和大脑，脑后最大的那个瘤最危险。我对诊断的第一个反应就是彻底投降：我要死了，我接受了死亡。但是，我想起了我的丈夫和两个年少的孩子，对他们的感情难以割舍。

开始医生认为我的病还能治，我接受了两个星期的全脑射线治疗，接着是每三个星期一次的化疗。四月，我接受了更多的射线治疗，这次的伽马射线直接指向每个脑瘤。

尽管治疗强度极高，我感觉相当好。我能过着相对正常的生活，照管我自己和家庭。表面上我看起来跟过去差不多一样，虽然更老了一点，瘦了一点，头秃了一点，但是我的内心经历了一个转变。无法医治的病症和将面临的死亡教会我珍惜当下。一切不重要的细节和转移注意力的事情都退却了，我能清楚地分辨什么是最重要的。我抛掉了自私的本性，认识到真正的幸福来自给予和为他人服务。我把想法集中在好的、爱的、美的事情上；我不去想任何负面的或暴力的事情；我不停地感激；我在四周发现完美，即使它以丑的面貌出现；我看到人类的缺点来自无知和精神的不成熟；我可以坐在家的后院里，长久地坐在那里，感受静寂和当下。我没有和癌症‘战斗’以延伸我的生命，我被这个疾病转变成一个更好的人了。

大多数人（我也包括其中），如果被问及是否能通过消除逆境来改变过去，他们将回答不。我相信生活中最大的困难可以变成最好的学习和成长的机会，我相信这个隐藏的珍宝就埋在看起来是逆境的经验里。

我不知道我还能活多久，但是真的，谁又知道自己能活多久呢？我意识到一切都不重要，重要的是我现在仍然活着。”

我看这篇文字的时候，邦妮的丈夫在做水果沙拉，看完后无法用语言表达我的感觉，抬头看着邦妮的丈夫：“写得真好！这就是生活的意义：关爱、给予和服务他人，积极地生活，感激生活，做一个每天都比昨天更好的人。”

邦妮的丈夫也点头。

此刻，他们的孩子放学了，儿子安迪已经回到家，他还是一个黑头发、黑眼睛的英俊小少年。他爸爸介绍我后他过来拥抱我，然后走到母亲跟前，向她问好，他的母亲仍然没有回答，静静地躺在那里。

邦妮的丈夫出去接女儿安娜下学，我端着沙拉，来到邦妮的身边，喂她吃水果。她的儿子坐在她的另一边，握着她的手。我一边喂她吃水果，一边对邦妮说：“我看了你的文章了，你写得真好。我热爱你的文字！”出乎我的意料，邦妮的脸上绽开一朵美丽的笑容。她听得见，也听得懂！她只是不能回答。

望着邦妮美丽的笑容，以及她孩子一样尖尖的小鼻子，我惊喜地叫起来：“她在笑！你妈妈听懂了我说的话！”我对安迪说。安迪把妈妈的手放在自己的脸上，我看到这个戴着小眼镜的少年回过身，抹去自己眼角的泪。

邦妮居然吃了一小碗水果。我放下碗，拿起擦手油，给邦妮的手背抹，她的身体已经瘦得不成形了。

她的手，还暖乎乎的，我给她按摩，希望她感觉好一点。正在这时，他们的女儿也回来了。

安娜是一个十五六岁的少女，美丽得如同刚刚绽放的鲜花，大大的眼睛下是几点邦妮也有的雀斑，她看起来如一个可爱的娃娃。她走进母亲的房间，弯腰低头亲吻母亲，故意亲吻她的鼻子。我又一次目睹奇迹：邦妮再次绽开美丽的、甜蜜的笑容，她感到了女儿的亲吻。

我目睹的是人间奇迹，甚至相信在这样无微不至的爱的拥抱和环绕下，邦妮会好起来，也许还会再次站起来。我走到厨房，邦妮的丈夫正在做三明治。他再次说："我相信会有奇迹。"

我使劲地点头。三明治做好了，安娜喂妈妈吃，邦妮吃完后躺下，又回到她安静的世界里了。

这一家四口的房子显得非常宽敞。当我和邦妮的丈夫在聊天中谈到我新买了公寓，对拥有一些物质所感到的负担，以及还没买任何家具等等，邦妮的丈夫指给我看他们的起居室："我们的家没有什么家具，也没有电视，我们从来不允许孩子们看，长这么大他们也没有看过什么电视。邦妮在生病之前，就开始把东西给人，物质愈少愈好。她后来只剩下两身衣服。一套给学生上课时穿，一套回家穿。”

我看着几乎空荡却整洁的起居室，是的，只有一台电脑。我注意到，我在的这几个小时，房间里一直回荡着古典轻音乐，声音很低，但是优美地存在着。房间里一切都整洁、干净、简单，飘散着让灵魂纯净的空气。

我没想到在他们家已经待了五个钟头，得走了。邦妮还在睡着，没有任何反应。我看到她的丈夫为她所做的一切，“感动”这个词已无法描述我的感受。我看到并感到他对妻子的爱，他们的孩子对母亲的爱。我出门的时候，两个孩子都过来拥抱我，拥抱了我两次。两个出奇美丽的孩子，难道因为他们是这爱的结晶才如此美丽？

已经是六点了，夕阳下的黄昏一片金色，我开车离开，他们的社区旁是碧绿的高尔夫球场和小池塘。出了社区，我在一个地方停了下来，把头埋在双臂里，静静地回味我刚才经历和目睹的，这一切震撼了我，启迪了我。我没有悲伤，却感到爱和宁静的环绕，生活的意义是什么？我找到了答案。

突然，电话响了，我的老伴打来的，问我在哪里。

我几乎语无伦次地对他讲述我看到的、感到的、经历到的，泪水涟涟。“邦妮多么幸福，有她的丈夫如此爱心满怀地送她走这最后一程路。如果我们走的时候，能否也这样护送彼此？”我问。

电话的那边老伴说，“正是下班时间，慢慢开车，此刻别着急、别多想，路还长，集中精神！”我执拗地问：“我们能否这样送彼此？”“抬头看看天，告诉我你看见了什么？”我抬头，看见春天的树木，发芽的绿叶。他说：“对，这就是生活，春天刚刚开始，你在高速公路上开车要小心，安全地回来。”

永恒的爱，永恒的音乐

上星期三儿子打电话来，第一句话就是，“妈妈，坏消息……”我正在办公室里和其他的人说着什么，突然把电话握紧，好像怕听到下一句话。“是什么？”“妈妈，莱德夫人去世了。我刚收到她女儿的信，说她去年五月去世了。”儿子的声音还在耳边，我叹息：“那我们晚了，她没有看到信，她的丈夫呢？”“我不太清楚。是他们女儿回的信。”

2008 年 1 月 13 日我送儿子去机场时，他曾拿出一封被退回来的信，信封已经破旧了，儿子说：“妈妈，还要请你帮忙把这封信再寄出去，这个贺年卡被退回来了，不过邮局写上了他们的新地址，请你帮我寄好不好？”我看看信封，是寄给莱德夫人（Mrs. Wanda

Rider）的，儿子中学时代的小提琴老师。我拿着信说：“没问题，我当然要帮你做这件事。不知这对老夫妇怎么样了？”“显然他们搬家了，新的地址在雨津南，你看是这个地址。”儿子说。

我读信封上的地址，雨津浮现在我的脑海里。那是我们来美国后居住的第一个地方，也是我们在美国生活时间最长的地方。雨津是一个非常美丽的城市，虽然号称是俄勒冈州第二大城市，却只有十一万人口，对来自北京的我们而言，雨津只是一个小城。儿子就是在那个安谧的小城里从一个小孩长成英俊少年的，对他来说，雨津就是第二个故乡。城南有四季常绿的山，我想象那些连绵不绝的小山，幽美、安静、迷人。我突然想，他们搬家也许是住进老人院了。城南有很多老人院，可是……我不太愿意这样想。莱德夫人，她的优雅的身姿、满头的银发和慈祥的笑容浮现在我的脑海里。

我问：“你为什么不写电子邮件呢？那样不是快得多吗？”“哦，他们年纪大了，恐怕不习惯看电子邮件。再说，手写的信比打字的信要珍贵，更能表达感情。”儿子漫不经心地说。我看看儿子，没有说话。

我的儿子是世界上最好的儿子，他的细心和爱心是不必多说的。我点头，他接着说："不过您把贺年卡放在新信封里，不要看我写了什么好不好？"他孩子气地微笑，担心我会看他的秘密。"哈，你写了什么，我倒想知道了。"我接着问，"你还记得我要你保证的事情吗？"儿子点头，"当然。"那是多年前我们在雨津谈论莱德夫人时他对我许的诺言。

第二天是星期一，我到邮局，把儿子的贺年卡连同信封一起装到一个新的大信封里，我希望莱德夫人看到她的学生尽了最大的努力给她写信；我希望她看到一封辗转的信会感到安慰。自从我们离开雨津以后，就没有再见过莱德夫人。儿子上了大学，上了研究生，转眼七年就过去了。这七年里，有一次假期儿子开车去莱德夫人家，结果家里没有人，门口的号码牌子掉下来了，斜挂在那。他站在那里立刻给我打电话，担心地说，"为什么没有人照管门牌呢？您觉得他们会发生什么事情吗？"为这两个老年人担心，已经成为我们生活中的一部分。我把信封放进邮筒，很高兴儿子仍然时不时地给他们写信，很多年轻人是没有时间怀旧的，我为儿子对老师的敬爱而感动。

不到两个星期，儿子从夏威夷回来，回到了自己的学校。上星期三是他第一天开学，收到莱德夫人女儿的信，他立刻给我打电话——在这个世界上只有我们两个分享对莱德夫妇无比的敬爱和感激。我在电话里说，“我听到这个消息非常悲伤，非常悲伤。”儿子说，“妈妈，我也是。”

从得知莱德夫人去世的消息起，她的身影就好像在跟随我。我开车的时候，走路的时候，一个人在雨水淅沥的森林里的时候，都想起莱德夫妇。莱德夫人去世了，不知莱德先生怎么样。他们结婚六十多年，莱德先生一个人怎么能面对失去伴侣的黑暗呢？我打心底担忧。我有一篇题为《岸岸在美国学音乐》的文字，写了几页，一直没有写完，现在我想要把那篇文字写完，因为那里记载了很多莱德夫妇的事情。

我找到自己写于很多年前的文章，可是面对没写完的文字，我无法继续。儿子学音乐的过程是一个美丽的奇迹，莱德夫妇是这个奇迹的创造者。自从我们开始在美国生活，儿子的成长就是很多人帮助的结果。希拉里·克林顿曾经写过一本书叫《养育一个孩子需要全村人的努力》，是的，作为一个母亲，我深刻地理解没有“全村人”的努力，孩子不可能成为一个正直、善良、美好的人。莱德夫妇就是我们来到美国这个“村”后，对我的孩子有深刻影响的人，其实，不仅对我的孩子，莱德夫妇对我也有深刻的影响。

莱德夫妇，是人类的最好典范，是美国社会乃至两千多年西方文化精华的代表。人类社会，因为莱德夫妇这样的人存在而更美好。我相信每个人生命的意义存在两个方面：创造和丰富你自己的生命；同时使人类的生活更美好，这两者缺一不可。莱德夫妇，对我来说，就体现了这样的完美。在到美国之前，我从来没有遇到过这样完全体现我人生理想的人。

为了纪念莱德夫人，我想给孩子买莱德夫妇女儿的音乐作品作为礼物。在网上我输了他们女儿的名字：柔达·莱德（Rhonda Rider）。结果出来了：世界著名小提琴家、独奏家、波士顿音乐学院教授、室内音乐系主任……我到亚马逊书店买了她的 CD，请他们直接寄给我的孩子。我继续在网络上浏览，更为震惊的是，2008 年 1 月 12 日，就在我的信寄出的前两天，莱德先生去世了，享年八十六岁。网上关于莱德夫人的消息也有一条：莱德夫人 2007 年 5 月 13 日去世，享年八十九岁。我曾经在网上搜索过莱德夫妇的消息，由于他们属于上一个时代，从来找不到任何关于他们的消息；只有他们的女儿，波士顿爱乐交响乐团首席小提琴家柔达·莱德的消息。现在，在

Google 里终于有两条消息了，却是在报道他们生命的结束，我对整个网上只有两条关于他们的消息感到不可思议。莱德夫妇是蜚声西方的小提琴家，他们早在电脑时代之前，甚至 CD 出现之前就退出演奏界了，所以网络世界里没有任何他们的消息。现在，他们终于出现在 Google 搜索引擎里了，但只有不可思议的两条，一条是报道婉达·莱德夫人的去世，另一条报道莫瑞·莱德先生的去世。在这个广阔无边的网络世界里，这两条消息，好像是两个微弱的音符，标志着两个最美好的人生命的完结。

最美好的人……如果人死后真有天堂，我坚定不移地相信，莱德夫妇一定正一如既往挽着手，在天堂里安详地散步，一如我多少次看到他们的那样。我常常想一个人可以有多敬仰那些影响了我们生活的人，莱德夫妇让我仰慕，让我敬爱，我怎样才能表达对他们的感情呢？唯一可以做的，是遵守多年前我和儿子的诺言。我还记得互相保证的时候，刚从莱德家出来，我对儿子说，“他们是我们的榜样，我们要像他们那样生活，把莱德夫妇的精神传下去，如果有能力，一定帮助其他的人。我要这样做，你也要这样做，还要把这种精神传给你的孩子。儿子，你向我保证！”儿子看着我说，“妈妈，我保证，我一定这样做。”

………

我跟莱德夫人认识是我的学生维柳介绍的，维柳是俄勒冈大学音乐学院的学生，同时是雨津市交响乐团的小提琴手。她的男朋友是新加坡华人，所以她在学汉语。我那时还是研究生，在东亚系做助教，就认识了维柳。我的孩子岸岸，1996年初来美国和我一起生活。他来的时候，刚上中学，除了会说“你好”和“谢谢”外，一点英语都不会。我为他怎样融入学校的生活而担忧，一个语言不通的孩子，该怎样在这个陌生的国家里交朋友并健康成长呢？我想来想去，决定让他加入学校乐团，继续学小提琴，这样他可以有更多的机会接触其他孩子。我就请维柳来教岸岸学小提琴。

岸岸在来美国之前已经学了好几年小提琴了。坦白地说，我不觉得岸岸有特殊音乐才质，对他学拉小提琴，我也没有提倡过。当别的孩子家长都在带孩子学音乐的时候，我觉得麻烦，从来也没给孩子找过老师学音乐。学习小提琴的决定，是他自己做的，那时候，他已经九岁，上小学三年级了。他要学小提琴的起因是北京某个提琴学校到各个小学去招生。有一天他下学回来，激动万分，描述说两个提琴老师到班里让他们把小手都伸出来，挑谁可以学提琴，他就是被挑上的孩子之一，老师给了一个条子，告诉家长周末到哪里去见面等等。我拿着那个条子，看看地址，倒是不远，过了马路，几条胡同后就是那个什么幼儿园。岸岸十分激动，到周末他就坐不住了，因为知道我对他学琴不积极，一天都担心我会不去。而我不积极的原因是认为自己没时间，我很怕麻烦。但是那天我还是把他放在自行车上，带着他去那里看看，想知道这个提琴学校到底是怎么回事。

到那里，坐了一会儿我就明白了。原来是北京某乐团里的几个人决定自己办学校赚钱，目的不是音乐，而是利用家长爱子心切的心理敛财。1992年的秋天，“下海”浪潮突然席卷全国，我坐在那里，眼看着这两位艺术家“下海”从我们身上捞钱。这两位艺术家其实是姐弟，姐姐说话全是东北口音；弟弟倒是北京口音，他为了展示自己的小提琴水平，拉了一段《梁祝》。我听了，很感动，拉得不错。不过回到家，我对岸岸说，“还是不学琴吧，这是骗钱的学校。”但是岸岸不答应：“可是我想学拉提琴。”我拗不过，严肃地说，“要是想学，你得答应自己练习，而且要学就要坚持下来，不能半途而废。”他那时才九岁，哪里会想到这么多责任，满口答应，从此他开始学琴。

在中国时候，他学了三年琴。因为学得不好，老师都不想教，断断续续地学着。后来我离开中国，岸岸还在上小学。我回国的第一个暑假，就希望把他接来美国。关于学琴，还带着他到好朋友崔卫平介绍的提琴老师家去。那时卫平的孩子闹闹也在学琴，他当然比岸岸的琴拉得好多了，好得不是一个级别。闹闹考十级，岸岸还没有考二级，这三年的小提琴学得还只是拉铃木教材。岸岸来美国的时候，小提琴也没有带，连琴都没有，我们到乐器店租了一把，岸岸就开始和维柳学了，同时还加入学校的乐队。

维柳是一个很有才华的提琴手，像这样在校期间就担任市交响乐团演奏提琴手的，她似乎是唯一的一个，因此她非常忙。在教了岸岸一段时间后，维柳说自己实在没有时间，不过她已经跟自己小时候的提琴老师说好了，岸岸将跟莱德夫人学提琴。她把莱德夫人的电话给了我，我打电话，约好了时间，带着岸岸到莱德夫人家去。

莱德夫妇住在雨津东部的山上，森林茂密，风景幽美，山顶就是公园，他们的房子坐落在树林中。房子是纯木建造的，从外表看，整个房子更像日本风格，走下台阶，花草之中是一条木质的小路，绕到房后才是正门。

我敲敲门，打开门的是莱德夫人。她微笑着，一头银发，穿着洁白的连衣裙，批着玫瑰红的开司米毛衣，好像是从古典书上走下来的淑女。莱德夫人要岸岸拉琴，她用钢琴伴奏，我坐在一边，观看他们上课。

音乐室的屋顶很高，音符好像可以飞到空中，落地大窗外是森林和草地，显然这个房间是特地为音乐而修建的，有足够的空间可以做四重奏。深红的木质地板使整个房间看起来极为典雅。

莱德夫人大概七十岁左右。她身材适中，一点也不胖，举止从容，脸上虽然有皱纹，但依旧干净而美丽。我面对她，内心里感叹，这真是一个美丽的女人。

她问及我的学习，知道我在读博士，微笑着回忆自己的过去，“啊，我的丈夫读博士的时候，他的论文都是我给他打的。那是五十年代初，你恐怕还没有出生。”她是一个典型的五十年代的女性。

那天莱德夫人还跟岸岸讨论该学什么，她建议去买要用的乐谱，我们将每星期四下午五点来，因为她只每个星期四教学生。学费是一个小时十二美元，我有点不相信她每个小时只收这么点钱，跟我付给维柳的一样。

开始跟她学琴的时候，网络还没有普及，我完全没有办法得知她的学历和背景，所以完全不知道她过去做过什么。我知道她教几个学生，但是显然，教学的目的与金钱没有关系。她的丈夫退休前是俄勒冈大学音乐学院的院长，这是在后来聊天中我慢慢得知的。莱德夫人从来没有谈过她自己，我印象中的莱德夫人是一个音乐老师，至于她在哪里教过琴，我完全不知道。

在美国学琴跟中国最大的不同是美国没有考级这一说，但有很多音乐会，孩子必须去表演，我从来没有想到会有这么多音乐会要去参加。莱德夫人鼓励岸岸参加每一个音乐会，所以他得练很多曲子，都是为参加音乐会而练，曲子也都是正式演出的古典名曲。

自从岸岸跟莱德夫人学琴，我们家的日常音乐就是他需要拉的曲子，我们买来 CD 在家里听，这些乐曲也就成为我们生活的背景音乐。我的音乐教育就是来自岸岸音乐会上的音乐。

为了参加音乐会，莱德夫人给岸岸介绍了一个钢琴伴奏师。他是一个专业钢琴家，每次陪岸岸参加演出，收费只有三十美元。关于这个钢琴师，我可以写出另外一个故事。

除了岸岸要独奏的音乐会，他学校的乐团每个星期也都有活动，乐团孩子们的亲戚朋友都来。岸岸所在的南雨津中学，乐团里有近百个孩子，所以参加全校音乐会的人很多。音乐会之后还有招待会等等，也都很正式。

我把这些年参加的音乐会的节目单都留了下来，这些节目单摞起来，快是一本册子了。我想岸岸和莱德夫人学琴的这四五年之间，他至少在十多个独奏音乐会上表演过，更不要提在学校音乐会的演奏了。

让我最感动的是，不管这些音乐会在哪里，不管是春夏秋冬的哪一天，只要有岸岸的音乐表演，莱德夫妇肯定会在那里，坐在头排，支持岸岸的演出。他们是雨津市的名人，因为莱德先生过去是俄勒冈大学音乐学院的院长，他们在雨津的音乐界可以说无人不知。岸岸的这些音乐会，包括中学的、个人独奏的，他们场场都参加。

这两个老人，每次都身穿正式的服装，缓慢地走进音乐厅，慢慢地坐下来。不知道有多少次，我从远处观望着他们。我看到莱德夫人的银发，深色的连衣裙；看到莱德先生手握着拐杖，他的个头要更高大一些，走路似乎更慢一点。莱德夫人则身板挺直，总是那么优雅。她的装扮让我懂得优雅的涵义，而“优雅”这两个字，对我来说，跟她紧密相关。她的神态常让我觉得十分高贵和纯洁，能在一个老人的面孔上看到纯洁，我常为此感到吃惊。

年龄在每个人的面孔上都写下不同的结论，我暗自倾慕地想，年龄在莱德夫人的脸上写下的就是高贵和纯洁。

岸岸跟莱德夫人学琴不久，我就因工作需要，回中国九个月，去作俄勒冈大学驻中国留学办公室的主任。这不是一个小决定，因为我必须把十五岁的孩子一个人留在美国，可是当时我没有其他经济来源，为了生活，我别无选择。岸岸要一个人留在美国生活，我去莱德家，对莱德夫妇解释我得回国的原因，请他们继续教岸岸小提琴。这期间，岸岸常常因睡觉而忘了上学。我回到美国以后一看，德语课居然缺课三十九次，但是去莱德夫人家学琴，他从来没有缺过课。我也不知道那时他学了什么音乐，不知道他参加了几个音乐会，但我知道凡是他的音乐会，莱德夫妇都去参加了。

岸岸学琴一直到他高中毕业。这么多年，我每个星期都陪岸岸去莱德家，大部分的时间是岸岸自己进去学琴。通常在他的音乐会前，莱德夫人会要我也在她家坐下，听岸岸做演出前的练习。莱德夫人不仅教琴，显然也教岸岸音乐家的举止、音乐家的风范。

我因为敬重莱德夫人，常常给莱德夫人买鲜花作礼物，而我买的鲜花只有一种：玫瑰。我给她买过很多红玫瑰，也买过黄玫瑰、粉玫瑰。她有一次对我说："啊，玫瑰，我一生都没有人送过我这么多玫瑰。"我开玩笑说，"莱德教授一定给你买过很多。"莱德夫人笑了，"啊，那是多年前，我都不记得了。"

莱德夫妇因为是雨津音乐界的前辈，也是本地很多音乐活动的赞助者，所以他们有很多音乐会的票。有的时候，莱德夫妇会给我和岸岸免费的票，去听音乐会；也有很多时候，我和岸岸会去音乐厅，买最便宜的票，坐在音乐厅的最后一排，听来自世界各地音乐家的演奏。我们常常在雨津华美典雅的音乐厅里遇见莱德夫妇。他们总是坐在最中间，而我们常常坐在楼上，看到他们，招手致意。因为这样的音乐教育环境中的熏陶，我慢慢地开始学会欣赏古典音乐，也开始对西方歌剧产生兴趣，而儿子则接受着最好的音乐教育，走在成为艺术家的道路上。

岸岸高中的时候和朋友们一起组织了一个四重奏小组，他的音乐活动更多了，圣诞节时期他们这个四重奏小组在音乐厅的前厅免费演奏。我看到莱德夫妇坐在音乐厅的前厅里，听这四个孩子的四重奏。

这个时候我已经通过阅读学校的资料得知莱德夫人年轻的时候是一个著名的小提琴手，在美国各地巡回演出，获得过提琴演奏硕士学位。她在大学里任教多年，也讲授艺术史，特别是亚洲艺术史。她还是一名作家，为孩子们写过儿童读物，同时也是一个陶瓷专家，难怪她家有很典雅的风格。

她于 1946 年和莱德先生结婚，两个职业音乐家结合，后来莱德先生获得博士学位，不仅继续演出，还担任校长、院长等职务；她相夫教女，培养女儿成为美国最好的小提琴手之一，退休后把全部的精力都给了少年儿童的音乐教育。

记得一次我们谈到岸岸的音乐教育，她对我说，

“岸岸学音乐，如同每个孩子学音乐一样，目的不是为了当演奏家，而是为了理解音乐，为了丰富他的人生，为了成为一个全面的人，为了培养他的创造性。无论他将来做什么，这都是音乐的教育的出发点，母亲。”莱德夫人如此认真，她以岸岸的角度称我为“母亲”。我使劲地点点头。我明白了他们两位老人为什么总是出现在岸岸的音乐会上。对他们来说，岸岸拉琴的目的不是去争第一，或去显示技巧，他们悉心培育的是一个全面发展的人，一个真正懂得音乐的人。他们没有期待岸岸成为演奏家，但是他们要帮助岸岸成为一个懂得音乐并从中获得激励的人。

岸岸从来不是一个出色的演奏者，他没有什么演奏天赋。但中学的时候每天拉琴，非常努力地练习，小小的公寓里天天都是琴声。他之所以如此认真，完全是因为莱德夫人的鼓励和信任。

在跟莱德夫人学琴的这些年里，他拉过很多乐曲，这些乐曲都成为他生活的一部分，尤其是古典音乐。每次音乐会的时候，他都把乐谱背下来，这样能背诵的乐谱就有很多，他的认真让我骄傲。

高中最后一年他要申请大学了，他决定申请音乐奖学金试试。我们都没有抱希望，虽然他很努力，但也知道他的技巧不是很好。结果出人意料，他居然得到了位于洛杉矶的查普曼大学（一个私立自由教育大学）的音乐奖学金。奖学金为四年，学校明确地说，这些奖学金支持他到电影学院学习电影导演专业，他是整个乐团里唯一的一个获得音乐奖学金支持去学习电影的小提琴手。

而我们两个人，在拿到奖学金通知后，到莱德夫人家去感谢她，我买了两打红玫瑰。没有她，就不会有岸岸的音乐教育和成就。

莱德夫人和莱德先生对岸岸的音乐培养是完全无私的，完全出于对音乐的爱，对孩子的爱。我们是普普通通的中国人，一个单身母亲、一个未成年的男孩子，他们对我们的帮助是完全没有期待回报的。他们热爱音乐，愿意把这种热爱传给下一代——不管是什么肤色、什么国籍的孩子。爱是出发点，这种爱如此广博、如此深厚，这种爱只能来自那最美好的人。他们都不是基督徒，他们的爱没有宗教目的，他们是音乐的真正传人。而西方的音乐，是西方精神的真正表达，那是纯粹的，超越物质的，是灵魂的。

而灵魂可以承载永恒的音乐，永恒的爱。

谨以此文悼念婉达·莱德夫人以及莫瑞·莱德先生。

出于对你们的爱，我们会把这精神传承下去。

激情地笑对生活

睡觉前我扫了一眼电脑，突然看见著名的《赫芬顿邮报》的创始人阿丽安娜·赫芬顿（Arianna Huffington）写的头版头条：《心碎曼哈顿：纪念诺拉·艾芙隆》。我愣了，简直不敢相信我的眼睛。诺拉·艾芙隆，我挚爱的、天才的、幽默的女作家，好莱坞最著名的女电影导演、杰出的剧作家，独一无二的散文作家，食不厌精、脍不厌细的美食家去世了？

我立刻点击，阅读，还没读完，我就站了起来，好像无法承受这个事实一样。我走出房间，走到房子外，南方的深夜，终于凉下来了一点。看看天空，天空黑蓝，看看眼前的公园，杳无一人。夜晚的世界如此安静而美好，我不停地对自己重复：天哪，诺拉·艾芙隆不在了，这个世界没有了另一个我以为应该永远活着的人。有的人活着，却已经死了；有的人死了，却永远活着。

美国有很多当代女性我非常热爱，有两个则是我效仿学习的榜样。一个是茉莉·埃文斯（Molly Ivins），另一个就是诺拉·艾芙隆（Nora Ephron）。自从从文字上认识这两个人，我就常想：我对人生，要无所畏惧得像茉莉·埃文斯；日子要过得像诺拉·艾芙隆一样；写作，则要像她们两个人一样。

这两个女人共同的特点，那就是幽默、风趣、智慧，文章写得好看，文字宛如流水。前几天我刚刚看了期待已久的话剧——《红红热热的爱国者：茉莉·埃文斯踢人屁股的机智》。我有将喜欢的文章剪下保留的习惯，有限的剪报里，茉莉·埃文斯是唯一一个我保留一切文章的作者。她去世之时，我大为吃惊，翻看保留下的她的文章，一篇名为《我们已经走了很长的路，我们还有很长的路要走》，令我唏嘘不已。

诺拉·艾芙隆的一生是个传奇。她出生在作家世家，父母都是好莱坞的电影剧作家，同时又都是酒鬼，这让她既有机会接触美国知识分子作家群，又看出他们日常生活的平凡本质。她们姐妹四个，个个都是作家，她好几个剧本都是跟妹妹合作的产物。她自己呢，离了两次婚，结了三次婚，有两个儿子。每次与她结婚的男人都喜欢文字与写作。第二个丈夫是调查水门事件导致尼克松下台的记者，第三个丈夫，如诺拉·艾芙隆所描述过的婚姻幸福的秘诀一样，是个意大利人，他也是作家。1996 年在卫斯理大学毕业典礼上她对即将毕业的女生说："你可以有家庭，也可以有事业，你可以有一切！"

她大学毕业后做"送信的女孩"，因为她当时工作的杂志社里，女性不能做记者，只能干这种活。后来她做记者、写小说、写剧本、拍电影、还写话剧。她不停地改变方向，在每一个方向上，她都走得比别人远。她丰富的一生，是激情生活的一生。她也曾对将毕业的大学生说："在餐馆里等待上菜时，有时候我们会玩一个游戏：用五个词描述你自己。在你们这个年纪时，我会这样写：有雄心、卫斯理毕业生、女儿、民主党人、单身。十年后，这五个词就不再出现在我的单子里，而成为了：记者、女权主义者、纽约人、离婚了、特逗。今天，这五个词也不在我的单子里了，现在的五个词是：作家、导演、母亲、姐姐、幸福。无论你今天的五个词是什么，十年之后它们都不在你的单子上了，并不是你不再是这些词描述的样子，而是它们不再是你最重要的身份了。”

生活总是在不停地改变，关键是我们有没有能力应付和对待这些改变？

诺拉·艾芙隆，我有她所有出版的书，包括她写的话剧，有的甚至还有两个版本。她的小说《心焦》让我看了大笑无数次；她的散文是我日常的凉拌菜；她的电影好看得一塌糊涂；她的博客我每篇都读过。她写博客，内容丰富多彩，她每个感恩节都号召人们给她送感恩节大餐的菜谱，她挑选试做后，评判哪个是当年感恩节最好的大餐菜谱。我要是想做什么好吃的，常到她的博客里选菜谱。老伴看我在家叮叮当当做饭，常问：“诺拉的菜谱吗？”好像诺拉是老熟人一样，诺拉虽然不认识我，可她是“我们家的一员”。

我们为什么喜欢一个作家？我为什么如此热爱诺拉·艾芙隆？在诺拉的作品里，是什么让我如此着迷？对我来说，无论是爱情还是友谊；无论是工作还是写作；无论是吃饭还是睡觉，诺拉·艾芙隆代表了生活的智慧和生活的激情。诺拉·艾芙隆还用她的写作和工作为每一个女性打开了一扇又一扇的门，她在很多方面改变了美国女性。

她编写和策划的电影都是浪漫的，“浪漫电影”是电影中的一个类别，好莱坞有着非常丰富的浪漫电影传统，然而诺拉·艾芙隆的浪漫电影与以往的任何浪漫电影都不同，她从女性的角度看浪漫这个类别，电影都浪漫得昏天黑地，同时又保持清醒的警惕，把浪漫这个概念左煎右烤，建构浪漫，也同时把电影中的浪漫解构。比如在《当哈利遇到莎莉》这个电影里，最著名的并已经成为电影历史经典的一段是萨利假装性高潮。女性假装性高潮是生活中最常见的事情，可是从来没有在电影上表现过，诺拉·艾芙隆把真实生活用极度幽默的方式展现给我们。大笑之余，却是对人生、女性、爱、性的新的理解，这样的启示让男人的眼珠子都要掉出来了：女人真的是这样的？

她写离婚、写前夫、写每天的吃喝玩乐、写孩子、写食物、写身边的人、写生活本身，她把女性的经验与看世界的角度表现在文字里，表现在银幕上，重要的不仅是她写了这些文字，而是写得非常好看，幽默诙谐，讽刺犀利。她的文字里充满了笑意，会使读者大声地笑，朗朗地笑。生活，就是悲剧般的生活，比如发现丈夫给情人的信，比如摔跟头摔得早产，她写起来都是满含笑意。

人生需要有多少智慧，才能把困难和痛苦变成笑声？

歌与人生

在课上教我的学生唱《茉莉花》，从 Youtube 上发现这支歌唱得最美的是凤飞飞，相比之下，其他演唱者唱得都如尖叫。

我对凤飞飞这个名字完全不熟，回到家继续找资料，看看她还唱了什么歌。不看不知道，一看吓一跳，其实我是听过她歌的啊，《掌声响起来》就是她的歌儿啊，《我是一片云》也是。于是我就坐在电脑前，一边听她的歌，一边整理歌词。

我一般不太喜欢歌曲，桌子上的音响，是儿子五年前送给我的礼物，他给我买了歌剧选段，还有肖邦和莫扎特的音乐，这就是我平常听的音乐。歌曲，特别是各种流行歌曲，与我日常联系不大。可是凤飞飞

【女人·青春】

从长着白发的窗口写给十六岁的我：

自我期许有多大，你就能长多大。

的歌声触动了我，也许是因为心境的原因，凤飞飞感叹人生的歌突然有了不同的意义。

凤飞飞2012年初去世，五十八年的人生实在是太短暂，她与丈夫赵宏琦伉俪情深，丈夫去世后她几乎无法继续生活，她说："我站着哭，坐着哭，睡觉时哭，吃饭时也哭，就着眼泪把饭吃下去。"不知道她是怎样熬过那些艰难而孤单的日子。果然，不到三年，她也撒手而去，就是对儿子的爱，也不能阻挡她走向曾经牵手三十年的丈夫，爱，是怎样的力量，只让人生死相许。

这是她在丈夫去世后唱给丈夫的歌——《想要跟你飞》：

你那里需不需要有人陪

你收不收得到我的思念

想要跟你飞，不要再寻找

陪在你身边，我什么都不缺

你那里有没有人能聊天

我想要爱你疼你像从前

想要跟你飞

天涯海角，多远我都不累

牵你的手，岁岁年年

……

歌词质朴，家常琐事：你需要不需要人陪？有没有人跟你聊天？夫妻老来相伴，两个人本是这大千世界里齐飞的比翼鸟，想要跟你飞，你却不在。我坐在桌子前听完这支歌，不能自已，跑到老伴的书房，从后面搂住他的身体，把头放在他的背上。老伴故作轻松："你一定是听了什么歌，受感动了，担心我们之间有一天会生离死别，对不对？"我什么也不说，只是让泪水含在眼里。老伴给我擦泪，"走，去散步吧。"我们手牵着手，走在秋天灿烂的街道上，站在海湾上，看这美丽的秋色，这是我们的人生吗？

凤飞飞的歌听起来很轻很柔，袅袅的歌声中有生活沉甸的真谛，比如坚强的意义。著名的《祝你幸福》如此说：

送你一份爱的礼物

我祝你幸福

不论你在何时

或是在何处

莫忘了我的祝福

人生的旅途有甘有苦

要有坚强意志

发挥你的智慧

留下你的汗珠

创造你的幸福

……

听着这首歌，让我想起那么多好朋友们的鼓励和关爱。也许人是容易忘了幸福的根本在于坚强，也容易忘了坚强的意志是生活中的根本品质。我的好朋友说，如果这世界上只剩下一座孤岛，岛上只有她一个人，她也会活下去。她还说，如果就我们两个人，我们要好好相爱地活下去。她和我，是一对相爱的好朋友。

凤飞飞最著名的歌——《掌声响起来》：

孤独站在这舞台，听到掌声响起来

我的心中有无限感慨

多少青春不在，多少情怀已更改

我还拥有你的爱

好像初次的舞台，听到第一声喝彩

我的眼泪忍不住掉下来

经过多少失败，经过多少等待

告诉自己要忍耐

掌声响起来，我心更明白，你的爱将与我同在

掌声响起来，我心更明白，歌声交汇你我的爱

……

人生要经过多少失败、多少等待、多少忍耐，才能唱出最美的歌呢？我一遍一遍地听，这些歌现在都凸显出了新的意义。青春不在，人生多少情怀已改，多少黑暗的日子，多少孤独的时刻，感谢上天厚爱我，将你和这个世界满满的爱给予我，这已经够多，足够让我感恩。

傍晚，母亲从地球另一边给我打来可视电话，我看着她白发苍苍却精神烁烁的样子，心里很快乐。

该怎样生活?

在我生命最黑暗的一段时间，必须靠书激励我活下去，在这些如我生命之粮的书中，有一本是埃莉诺·罗斯福的书——《你从生活中学习》（Eleanor Roosevelt：*You Learn by Living*）。

埃莉诺·罗斯福是美国历史和世界人权历史上有独特贡献的女性。从美国历史上看，她改变了美国“第一夫人”的作用。在她之前，美国“第一夫人”的主要工作是照顾总统，自从埃莉诺·罗斯福成为“第一夫人”后，第一夫人不再是总统的附庸，而是独立的政治家。埃莉诺·罗斯福以第一夫人的名义，举办新闻发布会、到各地演讲、写报纸专栏、发表自己的政治和生活见解，有的时候她的观点甚至与自己的丈夫不同。

埃莉诺·罗斯福现在被誉为改变了美国历史的伟大女性。她是美国历史上任职时间最长的总统富兰克林·罗斯福（在职期间：1933–1945）的夫人。她于1884年出生在纽约一个富有的家庭，叔叔是美国第二十五任总统西奥多·罗斯福（1901年任职），可是她的童年却非常不幸。首先她长得不漂亮，她的母亲曾经多次叹息：你长得不好看，将来怎么办呢？从小她就意识到一个女人的外貌将决定她的一生，也许是因为这个压力，她非常不自信，十分害羞。不幸接踵而来，八岁时她母亲病逝，十岁时父亲酗酒去世，作为一个孤儿，作为一个无人疼爱且长得难看的女孩子，她被送到英国的一所寄宿学校学习。

1902年夏天，埃莉诺在火车上遇到了远亲，比她大两岁的表哥富兰克林·罗斯福。他们开始通信，并于第二年的冬天秘密订婚，可富兰克林的母亲坚决反对这门婚事，独生儿子是哈佛大学生，仪表堂堂，有着远大的前途。这位控制欲极强的母亲带着儿子去加勒比海度假，希望能让这对情侣断绝关系，但富兰克林和埃莉诺顶住了母亲的压力，于1905年结婚。富兰克林从来没有见过如此聪慧的女性，被她的智慧折服了。

婚后十年，埃莉诺连续生了六个孩子。繁忙的生育让她思考母亲的意义，切身地体会到，女人并不是生来就做母亲的，这是社会构建与自身学习的过程。与此同时，她的丈夫政治前途越来越远大，在感情上的背叛也让她深深地体会到独立事业的重要性。跟丈夫分居后，他们成为政治上的伴侣，埃莉诺成为替穷人、少数民族、有色人种、女性呼喊的声音，同时支持丈夫的政治生涯。在富兰克林患脊髓灰质炎瘫痪后，她坚定相信他可以竞选总统，并帮助他完成竞选，她相信罗斯福将成为美国穷人的代言人。

1933 年富兰克林・罗斯福当选美国总统，埃莉诺成为第一夫人，这个地位给她的事业带来更大发展的可能，她成为极活跃的政治家，被誉为“全世界的第一夫人”。1945 年丈夫去世后，她是美国驻联合国代表中的唯一的女性，主持并起草了联合国发布的《世界人权宣言》。这部宣言从诞生的那天起，就成为世界人民解放与自我解放的旗帜，“人权”这个概念从此成为现代世界最具有权威性的道德理念。埃莉诺对“人权”理念在今天世界上获得的重要地位，有着独一无二的贡献。

在少年时代，读书是她在这个孤独的世界里最大的安慰。我猜这也是她成年后不停地写书的根源之一，她是美国总统夫人中写书最多的一位，一生亲手写了十八本书，给后代人留下了巨大的精神财产。她的书写得亲切动人，都很好读，犹如谈家常。

《你从生活中学习》这本书出版于1960年，这是她生命最后岁月里写的一本书，书的扉页上这样写着："给我的孙辈人或重孙辈人，希望在某个时刻他们觉得这些书页会对自己有一点儿帮助。"这是一个生活经验丰富的祖母讲述生活智慧，告诉我们该怎样生活的书。在黑暗绝望的日子里，读这本书，好像在暗夜里看见一盏明灯，获得继续生活的勇气。

这本书共有十一个章节，在序言里，埃莉诺这样解释人生："没有一种经验你不能从中学到东西。从生命力与意义的角度看，当你停止学习，你也停止了生活。生命的目的：是于生活中极力品尝滋味；是热切地伸出手获取更新鲜和更丰富的经验。"

这本书的目的是给那些在生活中失败的人以信心、力量和重新站起来的方法。人生最大的经验，以她七十六岁的年纪，她说是"经历人生到极限"，好的也罢，坏的也罢，不要怕失败，不要怕痛苦。而经历人生，最根本的是好奇心、兴趣、想象力和冒险精神——这是孩童教育最重要的方面，这也是人生永远成长的秘方。

“生活之所以有意思是因为它是成长的过程。”不论你的年龄有多大，你在生活中首先要学会的是学习。她常常收到女人的来信说，生活的目的就是丈夫和孩子，难道还要懂得更多吗？“女人应该读书，读书激励你思考，那些激起了你共鸣的思想，才塑造了你。”当然，读书是学习，跟不同的人交往也是学习。

埃莉诺认为每个人人生中最大的敌人，不是别人，而是你自己的恐惧。克服恐惧是最难学的，但又是最必要的。“从你每一次停下来面对恐惧的经验中，获得力量、勇气和信心。你可以对自己说：我连这么可怕的事情都承受下来了，下一次的也一定可以。必须得做那些你觉得你不可能做到的事情。”

“没有一个人可以让你觉得你不如他，除非你允许这样。”

“一个女人如一包茶，只有在开水里你才知道你有多么坚强。”

这本书还给了我们很多具体的生活建议，这里充满了智慧和幽默。埃莉诺谈到怎样利用时间、怎样使自己对他人有价值、怎样不停地调整生活状态、怎样做一个独立的个体、怎样跟人交往以让他人表现出最好的那方面、怎样负责任、怎样参与政治，改变社会中不合理的方面，建设一个更好的、更人道的社会。

埃莉诺·罗斯福是世界女性的榜样——怎样生活、怎样工作、怎样在最困难的时刻坚持下去、怎样在我们短暂又漫长的生命里活出意义。这本书给我们的，是一个女儿、妻子、母亲、祖母的宝贵的人生经验。

爱是什么？

昨晚跟杰姆斯和慧美在餐馆里吃饭，庆祝中国新年的到来。我是上个学期认识的杰姆斯，在课堂上他介绍："我家有我和我太太，这是我的太太。"他拿出手机来，给我们看他和太太在婚礼上的照片，他们刚刚结婚八个月。

照片上婚礼的中国红，一看便是中国式的婚礼。原来太太是中国人，这是他要学中文的原因，但不是为了太太，而是为了太太的妹妹，因为太太的妹妹不会讲英文。"哪天我去见太太的妹妹的时候，要能跟她愉快地交流。"他幻想般地说。

我听了很感动，每个人要学习其他语言和文化的动机都不同，杰姆斯的动机是爱！我看看白头发的杰姆斯，学中文是为了让太太的妹妹高兴，自然也是让太太高兴，我微笑着点头。

时间长了，大家都开始互相了解。杰姆斯一次在课堂上说，“我的书就是我的家”，我惊异地看着他。在美国我见的人多了，读书人也多，还从来没有人这样把书当成“家”。一刹那我想到自己，真的，这话说得多好啊，“书就是我的家”，无论在哪里，我只要有书，就觉得安心。

我忍不住问：“你有多少书？”杰姆斯说：“不多，五千多本吧。”我眼睛都睁大了，“真的？这么多书，你怎么放呢？”“我的家不大，四壁全是书。”我想象着放置五千多本书的房子是什么样。这个班，可真是卧虎藏龙啊。

一次杰姆斯问我想不想跟他和太太去一个中国菜场买东西。我感谢他，因为很少做地道的中国饭，自己不太去中国菜场。杰姆斯说自己的家里，太太非常会做饭，买各种各样的调料，很多他连见也没见过，但不知怎么一变，就成了好吃的。我微笑，听杰姆斯讲自己的太太，话里话外都是赞许，好像太太是爱的魔术师。

杰姆斯还告诉我们，他太太几年前在中国工作，她在上海附近的城市创办了两个国际学校。太太还会说广东话、潮州话和客家话。有一次我收到一个找广东话私人教师的来信，转给了杰姆斯，他给那个人打电话，还跟我说最后这件事没成。我说没关系的，他说，"我是想告诉你，我们很认真的。"我点头表示知道的。

从杰姆斯的嘴里我提早就认识了他的太太，见面的时候我还是很惊喜地看着这位姣美典雅的女性：既是职业女性，也是南国佳人，干练美丽，一双明眸，哪里像六十多岁的女人？

杰姆斯早就在课堂上对大家说，他一辈子结过三次婚。第一任太太大他八岁，第二任太太大他两岁。到了第三任，说什么也得找个年轻的了，结果呢，太太还是比他大几个月。"我这辈子注定了要跟比我大的女人在一起了。"他大笑，我们也跟着笑，杰姆斯六十六岁了。

我对杰姆斯跟慧美的故事很有兴趣，问他们是怎么相识的。"网上啊！"他们异口同声地说，"网恋成功！"我拍手大笑，热切地要求讲他们的故事。杰姆斯和慧美就讲起他们相爱到结婚的故事，简直如电影。

杰姆斯离婚后在网上征婚，不期之中有一封从中国来的信，他说，“我当时想，哼，不定哪个想拿签证的女人要拿我做钓饵吧。本来是不想回复的，不知怎的就写了回信，一来二去，通信很长时间。后来就是用 Skype 打电话聊天，天天都聊。”结果有一天，他突然收到信说，“我要到美国去看你。”“这一辈子也没有过一个女人漂洋过海来看我。”杰姆斯说，“她要来，我简直头都昏了！”

慧美在旁边补充：“我八十年代就离婚了，这么多年来，没跟任何一个人这么谈得来，我真的想去看看这个人，到底我们能不能在一起。”

这四五年杰姆斯从美国南方搬到加州，又从加州搬到东部这里，整个大三角地在美国迁移，慧美却是总是守着他。有一段时间，慧美在雅加达找到新的工作，去了印尼，可是在那不久，她就辞了工作，回到杰姆斯的身边，去年他们结了婚，如今还是新婚燕尔，如胶似漆。

杰姆斯总结：“什么是爱？我年轻的时候，觉得爱就是不怕不方便。即使不方便，你爱的人需要你的时候，你也会想尽一切办法满足她，让她快乐。现在我有不同的体会。读过弗洛姆的《爱的艺术》这本书，感知到：爱，其实是一种艺术，是一种需要学习和提高的艺术，但不是每个人都有这种艺术能力的。爱首先是一种能力，然后是艺术。第二任太太离开我的时候，我觉得不可思议，我如此地爱她，从来没想过她会移情别恋。我甚至在二十多年里，都没有意识到她的容貌的改变，觉得她总是那么漂亮。直到我们离婚，我才突然意识到，她的容貌早就不是过去的那个样子了。我当时很担心她的离去会让我不再爱，可是后来意识到，不是这么回事。爱在我的心里，是我的能力，与他人无关，没有人能夺走我的爱。我跟慧美的爱，就如我在十八岁时一样，感情、激情都是同样的强烈。如今我跟慧美，每天都在争先恐后地比赛，看谁爱谁更多，我们都希望自己是爱得更多的人。”

我坐在那里听他们的故事，温暖流淌在我的心里，整个空气里弥散着幸福。从餐馆告别出来，下了一天的雨停了，大风把乌云都吹散了，夜晚的天空很明亮。

中国的新年到了，以一个爱的故事开始这一年！

Amor Vincit Omnia!

了不起的女人

世界上很少有作家、诗人在八十五岁高龄达到这个新“高度”：为美国某著名的鞋业与时装公司做模特。2013 年 8 月底在纽约时装周上，美国的象征、一代人的声音——女诗人玛雅·安吉罗（Maya Angelou），这位杰出的黑人女性，为一个与她年龄同样大的公司做模特。她一米八二米的高个子，一头美丽的白发，很性感地坐在那里，让我们看到她的鞋，充满了欢欣。我看她的照片，微笑着。

玛雅·安吉罗是美国最多才多艺的女性之一：她是诗人、作家、导演、编剧、演员、民权活动家。她著作等身，今年又发表了新书——自传《妈妈和我和妈妈》（*Mom and Me and Mom*），这是她的第七部自传，第一本自传《我知道笼中的鸟儿为何歌唱》（*I Know Why The Laged Bird Sings*，1969），已经成为美国大、中学文学课的经典，我自己就教授过。后来该书被改编成电影。

生于1928年，小的时候父母离婚，她被送到奶奶家后来又被送回母亲家住，八岁的时候她被母亲的男朋友强奸了。她告诉了母亲，那个男人被法庭判处有罪，不过只在监狱里关了一天，在那个时代，强奸一个黑人小女孩实在不算什么大罪。可是出狱的第二天，他被谋杀了，从此小玛雅就闭住嘴，再也没有说话。

谁也无法理解这个小女孩为什么不再说话，谁也不太在乎她说不说话。在贫穷的黑人居住区里，这也算不得什么大事。小玛雅在沉默中观察，在沉默中阅读，在沉默中想象，最终她走向了文学，没有人知道文学是怎样打开一个黑人小女孩的心门。那是二十世纪的三十年代，美国经济大萧条，她抱着从市内图书馆借来的书，一本一本地读，她热爱美国作家爱伦·坡的作品，他的诗歌既有韵律，又有节拍，很像今日的rap，玛雅能倒背如流。

十四岁那年她去听一个诗歌朗诵会，有个人在朗诵爱伦·坡的诗歌，她听了忍不住大喊：“爱伦·坡的诗歌不是这么念的！”她的呼喊让自己也吃了一惊，她被邀请到台上，背诵爱伦·坡的诗歌。失语六年之后，诗歌使她从此开始说话。

《我知道笼中的鸟儿为何歌唱》记录了她从八岁到十六岁的生活，从一个小女孩的角度观察和体验美国的南方，描述黑人的生活，种族社会的隔离与痛苦。

十六的时候，她已经搬到旧金山，成为旧金山第一位女公共汽车司机。十七岁，她生了她唯一的一个孩子。单身母亲，自己还是孩子，为了活下去，她做过妓女、做过老鸨，做过各种各样的工作，带着孩子，从旧金山到纽约，尽可能地寻找工作机会，同时不放弃自己对舞蹈的热爱。后来她带着孩子到了非洲，她的生活一直颠沛流离。

在非洲她与到那里访问的美国黑人马尔科姆成为好朋友，可是他不久就被暗杀了。回到美国，在纽约黑人区哈莱姆生活，她结识了马丁·路德·金。1968年金要求她帮助组织一个游行，她答应了，可是游行刚开始组织，金就在她生日那天被暗杀了。好朋友被暗杀让她感到绝望，她再次流离失所，在美国流浪。

她的朋友美国作家——詹姆斯·鲍德温坚持要她

写出自己的故事，在朋友鼓励下，她开始写作。1969年她的自传《我知道笼中的鸟儿为何歌唱》出版，为她赢得了国际声誉。当时民权运动正值高潮，她的作品成为一个时代的声音。

1993年她应克林顿总统之邀，在总统就职典礼上朗诵自己为这个场合写的诗歌《早晨的脉搏》（*On the Pulse of Morning*），成为美国历史上第三个在总统就职典礼上朗诵的诗人。

多年来她创作各种题材的作品，当谈及她的写作时，她这样说："我的所有的作品，我的全部的生活，我做的一切，都是为了生存下来，不仅仅是简单地、可怜地生存，而是充满了优雅与信仰去生存。虽然每个人都可能会遇到很多失败，但一个人决不能被打败。"

2011年她被奥巴马总统授予美国对有贡献公民的最高奖励"总统自由勋章"。玛雅·安吉罗是美国文化的象征——从一个自闭失语的黑人少女、一个靠卖身为生的年轻女性到具有三十多所大学荣誉博士学位的教授，她是女性不屈服的象征：不屈服于命运，不屈服于厄运，不屈服于艰难，不停地跌倒不停地站起来。

她所写的自传，在新体裁的开创上具有历史意义：她鼓励女性写出自己的内心与经历，没有什么是值得羞愧的。她诗歌的语言如歌谣，韵律明快，朗朗上口。

她在诗歌《我是一个了不起的女性》中这样描述自己：

漂亮的女人奇怪我的秘密藏在哪里
我长得既不娇小可爱也不适合当时装模特
但当我开始说话
她们觉得我在说谎
我说
在我胳膊够着的地方
我的臀部坐到的地方
我的脚步迈到的地方
我的嘴唇卷曲的地方
我是个女人
了不得的高
了不起的女人
这是我

我走进一个房间
要多酷有多酷
我走到一个男人面前
其他男人站起来
或都统统地跪倒
他们簇拥着我
好像一群蜜蜂
我说
是我眼中的火焰
是我牙齿的闪光
是我摇摆的腰肢
是我脚踝的欢欣
我是一个女人
了不得的高
了不起的女人
就是我

“丑”女教授

玛丽·比尔德（Mary Beard）是英国家喻户晓的名字；是美国学术界，特别是西方古典学中人尽皆知的名字；是西方知识分子中因写博客而极度引人注目的公共知识分子。她在《泰晤士报·文学增刊》网站上的博客“一个剑桥教授的生活”（*A Don's Life*）上，把古典学，即古希腊古罗马研究，成功地传达给普通读者，把她的学术成果推广成为大众知识。这是她成为英国或世界最著名的古典学者的原因之一。

她是英国剑桥大学古典学教授，专业方向是古罗马史、政治史、宗教史、艺术史、文学史。学术上她成就斐然，出版了十多本古罗马研究专著。一个学者的成就可以通过其著作是否被同行引用来考量，据美国斯坦福大学古典学研究主任说，玛丽·比尔德的古典学是被引证最多的学者之一。她作为首屈一指的古典学教授，是世界公认的。

十八岁时，玛丽·比尔德开始在剑桥大学纽汉姆学院学习。她原本计划去剑桥大学国王学院，但那里不给女生奖学金，因此她去了纽汉姆学院，一个女子学院。那个时候，人们普遍认为女生没有学术前途。她在大学第一年去意大利，爱上了古典学，努力学习拉丁文等语言。硕士毕业后，二十四岁的她就开始在伦敦国王学院教书。1982 年她获得剑桥大学博士学位，论文是《晚期岁马共和时代国家宗教：以西塞罗著作为基础的研究》。1984 年她回母校教书，是当时古典学中唯一的一个女教师。从 1992 年起，她在《泰晤士报·文学增刊》的古典版做编辑，2004 年她成为剑桥大学古典学教授。

2006 年初她开始写“一个剑桥教授的生活”，在《泰晤士报·文学增刊》网络版开设博客，那个时候博客是个新生事物。因为她的文字诙谐、尖锐，发表对世界事物、对学术看法，描述自己的生活、学生与丈夫等，引人入胜，她的博客很快就引起注意。她是个坚定的女权主义者。她说：“我根本不懂做一个女人不是女权主义者会是什么。”博客的女权主义视角让她谈论的内容犀利而深入。剑桥女教授这样的称号本就引人注目，加上她生动的文字，古典学——一个专门研究古典希腊罗马的学科便走进了大众阅读领域。出于对剑桥女教授生活的好奇，我2006年底开始阅读她的博客，受她写作方式的激励，也开始写博客。她的博客影响了成千上万的人。

从2010年起，她应英国电视台BBC邀请，开始做电视节目。她创作并担任主持人的第一个电视片《庞贝：一个罗马城镇的生与死》，引导观众跟着她走向庞贝，阐释庞贝的历史与生活。这个电视片播出后，受到热烈欢迎，BBC则继续请她做片子，2012年她创作并主持了三集电视系列片《跟着玛丽·比尔德去罗马》。她的电视片把学术带进旅游与学习中。她不是看罗马伟人的历史，而是以颠覆性的视角，改变了传统古典学的研究。她带着观众走近罗马普通人，体验他们的日常与现实生活。她论述罗马是一个移民的国际大都市，一个阶级升迁快速的城市，一个拥抱任何移民的城市，但是奴隶在罗马的生活也并不是我们想象的那样：奴隶可以成为公民，并成为富人。从她的眼睛看到生龙活虎的罗马，好像就是我们现代的生活。

玛丽·比尔德的影响越来越大，2011 年美国艺术与科学院授予她荣誉成员的称号；2013 年她获得女王颁布的“大英帝国勋章”。她 2013 年的著作《质询古典：传统、冒险与创新》荣登美国国家图书评价奖最终名单。新著《古罗马的笑声：玩笑、搞笑与闹笑》探讨古罗马人的幽默与公共责任观，本月刚刚上市。

她常常在电视上就公共事务发言。2013 年因为在电视上为移民辩护，她遭到了巨大的网络攻击，这些攻击她的人大多是对她的长相品头论足，认为她长得太老太丑，她灰白的头发太难看，有的人还拿她名字开恶意的玩笑，因为她的名字“比尔德”（Beard）在英文里是“胡子”的意思。一个男电视评论人也说她不该在电视节目里出现，因为她的相貌破坏了电视节目的美感。有人甚至威胁她，要在她家放炸弹；有的人扬言要砍掉她的头，再强奸她。他们用各种脏字形容她，骂她的话语，在网络世界铺天盖地。

玛丽·比尔德年近六十岁了，灰白的长发、不化妆的脸、略胖的身材，她的外表不符合人们对电视女主持人年轻漂亮的期待，不符合大众媒体里宣传的女明星的形象。虽然她是一个成就斐然的学者；一个独立思考的知识分子；一个深受学生、同行爱戴与尊重的教授，但网络暴力并没有放过她，那些攻击如倾盆大雨，谩骂与攻击都指向她。

她不得不站出来反击，分析这些谩骂的类别与意识形态的根源。她在博客上记录那些骂她的言辞，指出男权社会对女性头脑的恐惧与对女性发言权的剥夺。她认为自己有权利表达不受大众欢迎的观点，有权利在公众场合做一个真实的自己。她询问：为什么女性不能在外表上做真实的自己，必须做大众希望的美人？为什么年纪变老的女性要遭受这样的谩骂与歧视？为什么我们这个社会崇拜年轻漂亮，却不尊重知识和智慧？为什么一个人被赞美说看起来比实际年龄年轻竟然是恭维？她坦然地谈到自己不染发、不涂脂抹粉，喜欢素面朝天，并骄傲地宣称："我就是我这个年龄的女人。"

女性不以相貌取悦于人，而以头脑在这个世界立足，她给无数女性做出了榜样。她不怕被骂，坚持写作、拍电视，她的勇气让她赢得更多的尊敬。有一位年轻的女性在 Youtube 上发表视频说："我长大了，要做玛丽·比尔德！"

寒素的声音，热血的人生

多雨阴暗的日子就躺在床上看书，这个秋天，看了多少本书，我都不记得了。韩素音的五部自传，先看了第三部《无鸟的夏天》觉得好，接着买了《伤残的树》《凋谢的花朵》《吾宅双门》《再生凤凰》以及《瑰宝》，每部书都是四五百页，看得我入了迷。在家里，不停地表达想明年夏天去韩素音家拜访的期望，居然找到了她家的地址：瑞士洛桑。还得知她的外孙女如今在美国麻省的一个大学教创造性写作，也是一位作家。

然而今天突然看到了她去世的消息，终年九十五岁（1917–2012）。好朋友写信过来："怎么你一想看望的人，就死了呢？"我也黯然，真的，这是怎么回事？最近这一个月，我只要跟朋友聊天，就会谈到韩素音和她的书。现在她不是那么有名，五十年前她曾经声名赫赫，因为1951年她写了一本自传体小说《瑰宝》（*A Many-Splendoured Thing*），于次年出版，1955年被好莱坞拍成了著名的经典电影《生死恋》（*Love is a Many Splendoured Thing*）。韩素音接受了好莱坞给的版税，用得来的钱给自己生病的女儿做了手术，但她拒绝看这个电影。

她著作等身，用英法两种文字写作。我这两个月在网上买她的书，一共买了十六本我感兴趣的。一边买书，一边感谢网络时代。她的很多书都已经绝版，旧书很便宜；但她的小部分书又在再版，最新的版本是去年的。

我买书的时候想，一个人一生到底能写多少本书呢？或者到底多少本书是有意义的？她写了很多的书，有小说、有传记、有游记，比如1976年出版她的《拉萨，开放的城市》，那个时候，全世界都不知道西藏到底是什么样子，今天看来，她的游记里有很多宣传的成分。

无论用什么文字写作，她坚持称自己是中国人，虽说她其实是很难定义的一个国际人。从人种上看她是一个混血儿。父亲是中国人，到比利时留学时竟让一个当地的女孩爱上了自己，女孩肚子大了，迫使她的家庭接受这桩婚姻，跟着比自己矮一头的男人来到中国。但发现嫁一个王子的梦想破碎，恨得牙痒，因此她母亲的全部愿望就是孩子们千万别跟中国人结婚，统统都娶或嫁白种人。

时代变了，混血儿今天已经不再受歧视了，遍地都是。可是在二十世纪上半叶，混血儿这个身份让韩素音无家可归。韩素音从小就跟世俗的母亲对立，坚称自己是中国人，她跟父亲好，这让她的母亲很愤怒。她想当医生，在母亲看来简直是癞蛤蟆要吃天鹅肉。后来她得到了奖学金，去比利时学医。

她的第一个丈夫是中国人——中国国民党军官唐保黄。她本来已经跟一个比利时的小伙子订婚了，抗日战争爆发后，她认为自己是中国人，应该回中国保卫自己的国家去，于是中断了医学院的学习，连奖学金都扔掉了，上船回中国抗战去。在船上遇到了这位刚从英国留学回来的中国黄埔军校的军官，这位军官谈起抗日使得二十一岁的韩素音热血奔涌，当时就爱上了他，几天之后，就跟他上了床，三个月后，就跟他在武汉结了婚。

结婚之后，她才慢慢地了解到这个军官的为人：原来这位国民党军官的抗日都是说辞，真心想的却是借机为个人牟取私利。

她的婚姻很不幸福。高级军官唐保黄动不动就打她，原因是她不是处女。唐保黄一心要向上爬，担心将来自己成了国家领导时，人们会发现他的太太跟外国人有过性关系，传统的男人就算是在英国留学过的也没能改变这种成见。唐保黄还抱怨她太独立、太有思想，抱怨她不像一个传统的中国女人。他要用拳头把韩素音重新塑造成传统女性，从二十一岁到三十一岁，这十年的婚姻就是暴力与口角，不知道韩素音是怎么忍过来的，可能是她当时也很想做一个“好女人”。唐保黄被派到英国做驻英武官，韩素音带着他们收养的女儿随行，到那不久就继续学医去了。后来唐保黄要从英国回中国参加内战，韩素音没有走，留在英国完成自己的医学学业。唐保黄死于 1947 年 10 月死于内战中，韩素音哭了，却没有太多的悲伤，十年婚姻，如残破的战场。

1948 年底，中国的未来已经明显，共产党将胜利。韩素音决定回到中国去，热血再次沸腾。自己是中国人，得为新中国出力，而且父亲还在中国，她要和父亲在一起。她第一站先到了香港，不期而遇地爱上了一个澳大利亚籍英国《泰晤士报》的记者，伊恩·莫里森（Ian Morrison）。与韩素音一样，莫里森也出生在中国，父亲曾经是《泰晤士报》驻中国的记者。1949年初在香港遇到韩素音，两个人坠入爱河，莫里森当时已婚。1950年朝鲜战争爆发，他被派到朝鲜，结果到那里不足三个星期，他因乘坐的吉普车遇到地雷而死（1950年8月）。

他死后，韩素音才开始接到从朝鲜寄来的信。人已经不在，信却每天都来，一直持续了三个星期。面对如此残酷的现实，韩素音悲痛欲绝，用饱含爱意的文字写下思念的故事。这充满了爱的回忆，自然是灿烂美妙的，爱的花蕾即将绽放却突然夭折，这样的爱情，怎能不让人唏嘘？

虽说《瑰宝》是小说，但是小说体掩盖不了自传的本质，结果该书引起很多当事人的不满，特别是莫里森没有离婚，这样大张旗鼓地书写自己与一个已婚男人的爱情，也为世俗所不容。韩素音丢掉了工作，搬到马来西亚继续行医，在那里遇到了英国高级警官里昂·康柏（Leon F. Comber）。她与警官相爱、结婚，随了他的姓，可惜这个婚姻只持续了四年，他们友好地分手，继续做朋友。

与此同时，她帮助创建新加坡的南洋大学，因不愿教授文学，谢绝了校长林语堂的邀请，她说自己宁愿为创造一种新的亚洲文学而继续写作。

她的热血总是把自己送上不同的旅途。她去印度不久，遇到了印度军官文森特·拉特纳斯瓦弥（Vincent Ratnaswamy），1960年他们结婚。她给印度丈夫取了中国名字：陆文星。陆文星一直陪着她到中国来访问，因此在中国也算有名。这个印度丈夫，人高马大，当年在中印战争中曾被派往战场，他拒绝了，因为他认为中印之间不该打仗。这位黑肤色的大男人，陪着韩素音走过四十三年，虽然他们晚年分居，但一直有着夫妻的关系，直到他去世。

韩素音这一辈子爱上的人是各种肤色，奇怪的是有三个丈夫都是军官或警官。她一生的爱情和婚姻，几乎是不可思议的传奇。她热血沸腾地爱过每个人，每个男人都给她的生活增加了新的维度，而在这涟漪不断、波涛汹涌的爱情里写着她的书、她的人生故事。

她跟母亲永远没有和解。母亲在新墨西哥州去世，埋葬在美国。她的父亲留在了中国。新中国成立后她不停地回去看望自己的父亲。她觉得自己属于父

【女人·自励】

人生很多时候要奖励自己，给自己鼓劲，

拍拍自己的肩膀，告诉自己做得不错，给自己一个小红花。

等着别人的你鼓励，是看着别人的脸色生活，

不，生活是自己的，学会鼓励自己。

别人赞美，心存感激，可千万别太当回事，

世界上人一般都是客气的。

亲，而母亲只是一个充满偏见的西方人，她始终站在弱势的父亲一边。

她有英国国籍，也在世界各地停留居住，晚年居住在瑞士的小城洛桑。一直享受着西方的自由，却不停地批判西方的虚伪。

她的书传到中国的只有几本，即使翻译成中文的，可能也被修改了很多。她晚年设立翻译奖，提倡中西文化交流，可是中国并没有很多人看她的书。

她的名字是音译过来的，笔名却是中国的：韩素音——她自己解释的是：一个素寒的声音，很小，很弱，却真实而朴素。我喜欢她的笔名。网上有她在英国的一组照片，很瘦的一个女人，是的，她真的更像中国人。

说到底，一个用英文和法文写作的中国人，她写的东西，到底在哪种程度上算是中国文学？她生不逢时，比我们这个时代早生了五十年，如果在今天这个时代写作，获得的反响将会多么不同。她走在时代的前面，却是前无古人的孤单。

我喜欢她的自传，那是中国二十世纪历史传记的个人表达。一个人能把自己写出来，并通过自己来讲时代，也就够了，这个世界没有很多人能做到这点。韩素音在一个特殊的时代被特殊地对待，从而成了形象大使，向西方世界介绍中国的成就。她是一个“热血分子”，二十世纪上半叶，向往社会公平的知识分子，谁不是热血沸腾的呢？

英国哲学家罗素这样说：“通过她的自传，我了解到的中国，比我看了一年的书还多。”罗素说得对，我想韩素音的知音是在今天，而不是昨天。我不可能去洛桑访问她了，可是一定会去她墓前祭拜。明年的夏天，我会去瑞士，给洛桑小城里她的雕像送一束花，算作对她的访问。

第二辑

女人的美丽

美丽的女人们

感恩节这天我应学生邀请，到他的支持家庭去。美国海军学院一年级的新生，一进校门，学校就会分配一个支持家庭，它是这些十八岁左右新生的本地家庭。因为刚上大学，他们第一年的生活很紧张，支持家庭就是他们离开自己家之后的再一个家，支持家庭的爸爸妈妈要像他们的爸爸妈妈一样关心他们，周末带他们出去吃饭，一起过节，给这些第一次离开家的年轻孩子感情支持。我们学校的新生都有这样自愿支持的家庭，很多学生跟他们建立终身的关系，好像是另一个家。

我的这个学生，他来自阿拉巴马州——美国南部的一个贫穷黑人为主的州，支持家庭的爸爸妈妈今年夏天去过中国，他们常常谈论中国，这个学生觉得我一定会喜欢跟他的支持家庭见面，就邀请我去。与我的其他学生有些不一样，他年纪大一点，因为十八岁高中毕业的时候参加了海军陆战队去伊拉克和阿富汗服役，三年之后他因为表现优异被海军学院录取了。我们学校的学生，百分之九十五以上是高中毕业生，剩下的学生是这样的现役军人，他们往往非常出色。

这个学生有一双明亮的大眼睛，黑色的皮肤，卷曲的头发，是个很帅的小伙子。本学期开始的时候来上我的头一节课，他对我说："沈老师，我的梦想有两个：第一，将来做宇航员，这是我来海军学院的原因；第二，学会中文，我要到中国去，跟中国人做好朋友。"我看着他明亮的大眼睛，一下子就喜欢上这个单纯的男孩子。

感恩节是美国人合家欢聚的日子，全家人无论多远都要聚到一起去。这往往是很大的家庭，祖孙三代或四代，再加上邀请的朋友等等，我在美国参加的最大的家庭聚会有上百人，堂亲表亲的，我完全数不清。

我去的这个家却不大，两口子唯一的孩子在三千英里之外的加州做律师，家里只有老人们：九十岁的祖母、七十八岁的外祖母。

我先是跟家庭的男主人交流。他退休了，以前是机场设计师，台湾的台北机场就是他主设计的，他对世界各大机场很有研究。刚刚过去的夏天，他跟太太一起去中国访问了十六天，对中国的印象非常好，所以我们一直在谈论中国。开始我不知道，越谈越意外：他对中国的理解，对中国政治体制和历史文化的了解，让我惊异、敬佩。他为了去中国，阅读了几十本有关中国的书，不亚于上几个学期的课。晚饭后，我邀请他下个星期给我的学生们做讲座。

他的太太一直在做饭，不停地跑过来告诉我们，还有多少分钟就可以吃饭了。她穿着围裙，留着短发，眉清目秀，美丽、干练。她一个人在做各种菜，烤甜点，坚决不让我帮忙，其他人也都在看电视、喝酒、聊天。她在厨房忙得团团转，根本看不出是美国著名大学的副校长。是的，她是位于首都的美国天主教大学的副校长，这个学校在美国私立研究型大学中属于一流，是世界上最好的神学研究院之一。

这个家庭不用多说就可以知道是怎样的。

晚宴上让我最惊喜的是两位祖母。九十岁的祖母伊瑞娜（Irene Verder），爱沙尼亚人，二十世纪三十年代末，因为家庭富有，丈夫、父亲和家中的男人在爱沙尼亚被苏联占领的时候，都被斯大林送往西伯利亚，后来全都死在那。二战中德国人占领爱沙尼亚时期，二十多岁的她忍辱负重，那时还不知道丈夫的死活，一边工作，一边等待丈夫归来。

1945 年，德国战败了，苏联人回来了。她说："我明白我们也会被送到西伯利亚去，最好的办法就是逃亡。我带着孩子、母亲和妹妹，先逃到德国，在德国的难民营里住了五年，后来一个美国家庭资助我们来到美国。1950 年，我先在一个富有的人家当佣人，后来我再结婚，又生了两个儿子。我一直工作，直到七十多岁退休，现在一个人住。我一个星期买一次菜，自己做饭；一个月在本地图书馆教授一次爱沙尼亚文；在本地老人院义务工作两次，帮助别的不能自理的老人；还每天坚持绣花，我十分喜欢绣花，刚刚帮助别人绣了一个床单。"

她的英文带着明显的爱沙尼亚口音："我这一生最爱的事物之一就是鲜花，所以我种花也绣花。孩子们现在都说，你别再绣了，而我不听他们的，只要我的眼睛还好使，我就要绣个不停。"

我坐在她身边，看着她海一样碧蓝的眼睛熠熠生辉，好像掉进碧蓝的天空里。她的面容是那种典型的北欧人的美丽，眼睛也是北欧人的湛蓝，如英格丽·褒曼一样。她现在一个人住在新泽西，九十岁整的人，什么都自己干。她说:“我要保持我的独立！我活了九十岁，来美国五十九年，我的经验是：第一，爱护自己的身体；第二，重视自己的灵魂和精神；第三，积极乐观，帮助别人。明天永远是绿色的。”

而另外一位七十八岁的祖母阿米莉娅（Amelia Fitter）博士，跟九十岁的祖母比起来，非常年轻，仍然蹦蹦跳跳的，浑身充满活力。“我希望自己九十岁的时候像她一样！”她指着九十岁的祖母说。

阿米莉娅也是一个人生活，住在纽约的长岛。她对我说：“我出生的时候，因为我不是男孩子，祖父非常失望。可是我跟着祖父学会了钓鱼，学会打棒球，学会男孩子能做的一切事情。”她说着说着，掏出了小钱包，打开它，拿出自己祖父的照片：“我的祖父最喜欢的是雏菊花，这是他在雏菊丛中的照片。”

这是一张黑白照片，上面标着“1941 年”，一个年纪六七十岁的男人站在雏菊丛中微笑。接着她又拿出一张小照片：“看，这是我的祖父和父亲。”照片上她的父亲，年纪也就二十多岁，是美国著名的商业艺术家之一。她给我看他画的画，作品就在这个温馨之家的墙上，上面还挂着九十岁祖母绣的美丽的小鸟和花朵。墙上全是艺术品，全是家里人创作的。她说："艺术是我生活的空气，我的父亲、祖父都爱艺术。"

我坐在这两个祖母中间吃感恩节大餐，跟她们谈话，我知道今天我是最幸运的人，身边的这两个美丽的女人就是我的精神前辈和可见的未来，我希望我年老的时候跟她们一样。感谢这些美丽的女人，两个祖母、还有跟我同龄的大学副校长，她们以自己为榜样宣告人生的美丽。

存在的意义

我的老师邦妮上个星期一去世了。所幸的是，4 月 28 日，《时代周报》发表了我写的《邦妮给世界的留言》一文。冥冥之中，我希望邦妮知道她的留言已经被翻译成了中文，《时代周报》发行量很大，很多人会看到这篇文字，希望邦妮知道，我用这种方式表达对她的怀念。

邦妮去世的那天，一个朋友来我这里小住。她是从北京来参加女儿大学毕业典礼的，顺便在我这里住几天。朋友来，我非常高兴，全心全意地招待她，我们好像有聊不完的话题：社会、家庭、孩子、男人、女人、生活、工作，女人之间的话永远没有完，朋友是人生最大的财富。邦妮去世，我失去了一个跟她成为好朋友的机会，我要记住邦妮的留言，让眼下的每一分钟都充满爱意和友谊。

朋友道歉，说她打扰了我。她不知道她的到来给我带来多少快乐！是的，无尽的快乐。我们讨论中国的民主化问题，还讨论了其它很多问题。我们两个普通的女人，好像国家领导人一样关注中国的当下和未来。朋友义务劳动，退休后主编《自然之友》，关注环境保护议题，我正在修改自己的动物散文集。关注自然界的同时，更强烈地意识到人权是我们工作的出发点和目的地，而“女权就是人权”。

这个星期我批改学生的考试卷子，加上朋友在这里，我没有心境安静地写东西、想事情。周五朋友走后，我一直在看学生的研究论文，写得非常好，觉得自己这一学期没有白教。他们真的学了很多东西，特别是分析中国问题的方式和方法。学生讨论中国民主化进程，中国的宗教现状，中国的英雄人物等等，我一边看，一边学，我从他们的论文里，也学到了很多。我几乎是幸福地把学生的分数算好，登在网上。

这样的教书生活，是我热爱的。我爱我的学生，也爱我的工作。想到邦妮，她在大学里教外国留学生英文近二十年，帮助很多外国人（包括我）走入美国，走进美国的文化。我现在教中文，传播中国文学和文化，我希望自己如邦妮一样，把我的学生领入中国的大门。

这就是我们生活的意义：把爱、真、善、美、知识一代一代地传下去。邦妮的去世，让我更珍惜生命，它真的很脆弱，我们必须尽力让生命美如花朵，我们的存在必须使世界更为靓丽，这才有意义。

我为我的脖子难堪

我坦白了吧：我最爱的美国作家之一是诺拉·艾芙隆（Nora Ephron）！你要是从来没听说过她，没有关系，在美国，几乎没有没看过这三部电影的：《当哈利遇到莎莉》（*When Harry Met Sally*）、《西雅图夜未眠》（*Sleepless in Seattle*）、《电子情书》（*You've Got Mail*）。要是这三部电影都看过，而且看过好几遍，不用说你也知道我为什么爱她。2009年她又创作和导演了一部新电影《朱莉和朱莉娅》（*Julie and Julia*），好看极了。

昨天回到家我情绪实在低落，到超级市场租了这个电影的DVD盘，看得我直流口水，里面的法国菜，从荧幕上散发香味，我馋得在房间里打转，想找出什么好吃的来。看完电影，躺在床上，居然睡不着，拿起艾芙隆的书《我为我的脖子难堪》继续读。这本书我读过不下三十遍了，因为这本书（是我 2006 年圣诞收到的礼物）一直放在我的床头。艾芙隆的书，我一共有八本，都放在床头，想看就看。她的文字是我每天的青菜大色拉，好吃、好看、营养丰富。

诺拉·艾芙隆有一本书的名字就叫做《疯狂的色拉》（*Crazy Salads*，1975 年），这是她比较早的书，那时她还是美国娱乐大刊《时尚先生》（*Esquire*）的记者。《时尚先生》月刊是专门的男性读物，刊载男性服装搭配指导以及名流之类的消息，二十世纪二十年代美国作家欧内斯特·海明威和司考特·菲茨杰拉德都为这个刊物写过小说。诺拉·艾芙隆，比我还要坚定的女权主义者，曾在这个刊物里工作，给男性读者吹来女权主义的春风，帮助改变了美国男人。

正是因为女权，艾芙隆对人性的了解比没有女权思想的人要深刻得多。她的很多文章都记述她和女权主义的关系——有的时候不同步，有的时候吵架，有的时候妥协。她的作品，特别是电影，主人公都是女性，都是要找到自己也找到爱情的女性。她的作品以浪漫著名，前面提到的三部电影都是美国当代经典浪漫电影。

我常常忍不住在心里说，太棒了，诺拉！虽然你们同名，你绝不会像易卜生的娜拉（Nora）一样出走。你总是要进门：进婚姻的门。诺拉·艾芙隆结了三次婚，其中的一个丈夫是当年美国新闻界揭露水门事件的两个著名的记者之一——卡尔·伯恩斯坦（Carl Bernstein）。你有事业：名记者、名剧作家（写了十五部电影）、名散文家（两本散文都创当年全国最畅销纪录）、名小说作家（写自己离婚的小说成为当年畅销书）、名电影导演（共导演八部电影，至少三部已经成为美国浪漫喜剧电影的经典）。你有孩子，你有朋友，你有著名的情敌——1998–2001 年任英国劳工部大臣的玛格丽特·杰伊（Margaret Jay）。当年诺拉怀着身孕，发现丈夫跟这个 BBC 在美国的主持人有染。她在书中写道，她跟玛格丽特的丈夫——当年英国驻美国大使，哭成一团，为他们的配偶在交往而悲伤。离婚之后，她把这段故事写成小说《心焦》（*Heartburn*，1986 年），把情敌写得长了一双大脚，难看得要命，这也算报了一肚子的仇。

我看小说很开心，爱诺拉爱得也心疼。这就是我爱的女人，聪明、天真，就算痛苦，也痛苦得幽默。

她散文集《我为我的脖子难堪》（2006年）是一本读起来让人非常愉快的书。里面篇篇都是好看的散文,她写的文字跟说话一样娓娓动听、徐徐道来——这是才华啊。这本书写的是一个六十多岁中年女人的生活：她住在哪里，她喜欢吃什么，她的面霜，她脖子上的皱纹，她的故事，她的爱情，她的邻居，她的理发师，她的房间……现在我不能再说了，你们肯定知道我是跟着谁亦步亦趋地写作了。

坦白吧，沈睿，你受艾芙隆的影响到了不可救药的地步。比如，诺拉在回答美国作家拉瑞·史密斯的问题——用六个字描述一生时，她说："Secret to Life, Marry an Italian（生活的秘密：嫁个意大利人）。"六个字，把她如此幸福的人生都说清楚了。你读这句话会大笑，坚决听她的话，去跟意大利人爱得死去活来。（《六个字传记》——*Six Words Memoir*，是史密斯杂志出版的一套书，请著名或不著名的人用六个字描述他们的一生，很畅销，很酷。）

艾芙隆专门写浪漫故事，拍浪漫电影，浪漫得非常坦白，浪漫得极度纯正。今年她六十八岁了，六十八岁的女人还浪漫得一塌糊涂。她的手下一切都浪漫：男人，女人，男男女女，只要在一起就有无尽的浪漫。《朱莉和朱莉娅》中朱莉娅比她的丈夫高一头，电影中作为外交官的丈夫，中午回来吃午饭，然后跟朱莉娅做爱，再回办公室上班。为了让丈夫吃好，朱莉娅去学做法国菜，并把她学到的教给美国人。她在电视节目上教美国人做法国菜，朱莉娅改变了美国食物，她把法国饮食文化一手传播给了美国。

四十年后，一个住在纽约破房子里名叫朱莉的三十岁的女人，决心用一年的时间，照着朱莉娅的菜谱做完上面的524道菜，同时写博客分享自己做菜的经验。两个女人，隔着四十年的距离，年轻的女人用朱莉娅的菜谱，接过朱莉娅的菜勺，把饮食事业继续搞下去。激情和决心是这两个女人的共同特征。这正是女权主义提倡的理论：一代又一代人耕种着我们的花园，女性的花园当然是灿烂和浪漫的，色香味俱全。我常想会做饭的女人是多么丰富的女人。想象一个女人不会做饭，该有多无趣。

朱莉娅给丈夫做饭，做出了书——《成为法国食品艺术大师》，朱莉做这本食谱的菜，写自己的博客，出了书，成为作家。诺拉·艾芙隆喜欢女作家，让她们各个都幸福无比，都有好丈夫、好男人爱，因为她自己就是这样的一个女作家。这种自恋我完全理解，我喜欢看简·奥斯汀（Jane Austen）的电影，因为里面的女人都聪明地得到了她们想要的一切。

你要是还没看《朱莉和朱莉娅》这个电影，就赶快去看！好看，好看！色、香、味俱全。要是你还没看过她的书，请赶快去看她的书《我为我的脖子难堪》吧，你准会喜欢。

我什么都没记住

人生变老的症状是什么？诺拉·艾芙隆坦然地告诉世界：什么都记不住了。很多过去随口而来的名字，书名或地名，突然消失了，你怎么绞尽脑汁也找不到了。过去她觉得之所以记不住，是因为她的“记忆盘”满了，现在她意识到，其实是“记忆盘”空了。“我还没到达老年的最低点，但是我快靠近它了。”

诺拉·艾芙隆，今年六十九岁，十一月初她的新书《我什么都没记住》出版。我在广播里听到，激动得多吃了好几个饺子——当时正在吃饭，结果我忘了数自己吃了多少个饺子，光顾着听她说话了。

我立刻上网买了四本书，三本送给朋友，一本给自己，还让亚马逊书店直接寄过去。几天后我收到了她的书，打开纸包的那一霎，我激动得有点手足无措，慌慌张张的，其实书中的好几篇文字我已经在网上看过了。

自从她的书出版，我就着魔了，在网上看她的访谈视频。上个周末我的朋友栗子从费城来看我，我也让她看诺拉·艾芙隆的访谈录，栗子觉得我着魔了，嘲讽我说你做中国的艾芙隆得了。

我大笑，严肃地说："我可不能比。她是美国最著名的女电影导演，我怎么能比？她被誉为'美国喜剧女王'，我怎么能比？她离了两次婚，第二个丈夫是揭露水门事件的著名记者，世界级的丈夫，把总统都拉下来了，我怎能比？她的情敌是英国工党的女领袖，后来成为英国劳工部大臣、英国大使夫人，我没有这么出色的情敌，我怎能比？诺拉怀孕期间丈夫背叛她，她把第二次离婚写成了一部喜剧小说，卖了大价钱，还用这本书的钱买了房子。我哪里有这么激动人心的三角恋爱故事？我的书，什么钱都没赚，我怎么都不能和她比！"

栗子回家之后，兴趣大发，大概是为了助我的兴，居然还找到一个链接，给我发过来，问我看过这个访谈没有。我回信，你也太小瞧我这个艾芙隆大粉丝了。

如果连这个还没看，我能算她的铁杆粉丝么？

自从收到，她的书就没离开过我的手，虽然早就读完了，可是我舍不得把这本书放下，干脆就放在我的包里，随身带着它让我觉得高兴，觉得我的包里藏着一团快乐，文字的快乐，生活的快乐和智慧。

她的书太好读了，如谈话一样。她的文字幽默有趣、直来直去、绝不做作和拖泥带水。读她的文字让你觉得写作很容易，感觉也可以写得像她一样，拍电影也不难了。她写了那么多好看的文章、好看的书，也拍了那么多好看的电影、好看的戏。什么能难倒她呢？什么都不能。她的语言那么简单，好像就是直接从嘴皮上跳下来到纸上，让任何人都觉得可以模仿她。

书中一共有二十三篇文章。有的谈的是记忆：比如她不记得她是否在1967年华盛顿反越战大游行中去过五角大楼，因为她是跟一个约会的对象一块儿去的，结果他们找了个旅馆，在房间里做爱，她到底去没去五角大楼抗议？她不记得了，去了或没去，都无关紧要了，反正她记不得了。去，也跟没去差不多了。她参加过很多活动，几乎认识华盛顿每一个人，包括华盛顿政治圈子里的人。她列举了一系列活动，可是她说根本不记得那些人都说了些什么。比如，见到美国著名的政治人物埃莉诺·罗斯福，她根本想不起来这位她崇拜的伟大女性说了什么。

问题是，你不记得那些事情了，那些事情真的发生过吗？诺拉·艾芙隆一如既往、快乐地嘲笑自己，嘲笑自己对老年的感受，嘲笑这个变化越来越快的世界。她列了一个单子“我死后不会想念的事情”，包括：电子邮件、福克斯新闻网、变干的皮肤、每晚必做的卸妆等等。她还列了一个单子“我死后会想念的事情”：孩子、丈夫、早晨做的摊饼、感恩节的大餐等等。

是的，我们都觉得死亡是别人的事情，而自己，奇迹般地，好像永远不会死一样。诺拉·艾芙隆用幽默正视老年，正视死亡，这种勇气和智慧，罕见而值得崇敬。

可是她却拒绝被崇敬。她的文字完全不是高深的，而是生活琐事，快言快语、风趣幽默、聪明机智。写她酗酒而死的父母，写她自己刚刚开始在新闻机构工作的经历，写她的日常起居、她做的好吃的、她身边的朋友亲人，甚至纽约的一个餐馆用她名字命名的粉蒸肉。

从职业上看，她的个人史就是美国女性六十年代以来的解放史。从生活上看，这样的女人，活得生龙活虎的，有这么多有趣的人在她的身边。结婚、再结婚、再结婚，最终，她长叹，啊，这个“D”字啊（Divorce）。她分析离婚对家庭、孩子的影响。离婚在美国如此平常，诺拉·艾芙隆居然有这个本事，在著名的《赫芬顿邮报》网站上开设了一个专栏，专门反对离婚。她转述她妹妹的关于幸福婚姻的秘诀：第一，你如果跟一个结婚十七年都过得不幸福的人再婚，那你的婚姻一定幸福美满。第二，不要跟你将来不愿意离婚的男人结婚。这样的秘诀让我高兴地拍手。

诺拉·艾芙隆在接受很多采访时谈论这本书。我几乎阅读了所有的采访记录，听了所有的采访音频。创作和导演了这么多备受欢迎的电影《当哈利遇到莎莉》《电子情书》《西雅图夜未眠》《朱莉和朱莉娅》等之后的一个访谈中，她说她跟其他导演一样干活，可是别人还总是称她为“女导演”。这种暗含的性别主义，到现在还没改变。记者问：你觉得将来会改变吗？她大笑着说：“哦，当然，毫无疑问，只不过，到时我不在了。”我在这句话之后，也跟着她笑，傻笑，想象未来。在我们都死后，也许性别主义终将会消失。

《时代》周刊记者问她如果现在能够做到，她是否会写博客。她笑，“是啊，如果我再年轻一点，像我这样总有话说个不停的人，一定会写博客的。”我点头，继续跟着她笑，是会心的笑。

没男人的女人更漂亮

去年秋季开学，系里开会的最后一项是庆贺近五十岁的土耳其教授纳迪娜订婚。她从土耳其过完暑假回来，手上戴着硕大的钻石戒指，看到我老远就伸出手来，幸福又激动地昂头宣布：“我订婚了！”几乎是翘尾巴似的。

我连忙恭喜她，问那个幸运的男人是谁。她说是老同学介绍的，认识不到三个星期，他们一拍即合，趁热打铁订了婚，筹备着十月的婚礼。

纳迪娜身材浑圆，棕色皮肤，一头浓发，中东女人的大眼睛，很漂亮。她喜欢穿非常性感的服装，严严实实地裹着身子，丰乳肥臀一览无余，这在学校这么多青春期的男孩子里，显得非常夺目。

在我们接受反对性骚扰教育时，来给我们上课的人说在工作场所不允许男同事对女同事开任何带色情的玩笑，就是用异样的神情赞美女同事的服装也不行。纳迪娜举手，公开说："我不在乎。我欢迎男人说我漂亮。"全场大笑。

纳迪娜就有这种本事，以玩笑的形式公开表达自己对异性的渴望。还有一次学校宣布规则，任何人不准在校长办公大楼里接吻。纳迪娜又举手问："这么说我们可以在校长办公大楼以外的任何大楼里接吻了？"上百个教授一起大笑。纳迪娜一句话就把学校的规则给解构了。

我不明白纳迪娜怎么会找不到男朋友，她浑身都散发着热情，我觉得男人走过她的身边都能感到，甚至我每次走过她的身边都会被纳迪娜丰乳肥臀吸引，忍不住会多看几眼。现在她终于如愿以偿，所以我们都为纳迪娜的订婚感到无比高兴。

我也隐隐担心，以我多年的生活经验，不太相信三个星期的爱情能说明什么。可是纳迪娜非常开心，积极准备婚礼。她准备到这种地步：没空打扮了，衣服拖沓，天天马不停蹄，头发乱成疯狂烧着的火焰，连妆都不化了，一双大眼睛就显出了浓浓的大黑眼圈。

过了不久，纳迪娜的未婚夫从土耳其来了，纳迪娜更紧锣密鼓了，我开始翻箱倒柜地在仓库堆放的纸箱子里，寻找有中国特色的东西，准备给纳迪娜作婚礼礼物。也就是在那时前后的一天，我看到纳迪娜在办公室外边打电话。虽然她在外边的花园里，隔着玻璃，相去有十五米的距离，我从窗子里仍可以看到她神情愤怒，我感到她在和什么人吵架。她的神情让我想起中国寺庙门口的哼哈二将的愤怒表情。我突然想，她可能是跟未婚夫吵架呢吧？

我的预感居然成了现实。不久我们接到系主任的通知：婚礼取消了，大家要给纳迪娜精神支持、道义声援。我路过纳迪娜的办公室，进去跟她说话。

她说："天哪，我找一个男人是来爱我的，不是来烦我的，男人怎么这么烦人？"

我们一起大笑。纳迪娜说，她把那个烦人的家伙送回土耳其去了。"我不明白，怎么幻想男人比真有一个男人要幸福得多？"

我们还是大笑。自从那个未婚夫离开，纳迪娜现在又常戴时髦的首饰，穿超短裙，毛衣裹在身上，描眉画眼，嘴唇鲜红，恢复了她的极度性感。纳迪娜决定结婚和取消婚约的变化让我做出结论：没男人的女人更漂亮！嘻嘻——

女性的魅力

昨天新闻报道，美国影星伊丽莎白·泰勒（*Elizabeth Taylor*）去世了，终年七十九岁。从电视上看那些简短的影像回顾，她的美丽倩影栩栩如生，几大新闻电视网都强调了她对改变人类理解艾滋病的贡献，她被称赞为一位杰出的人道主义者。当然，她还是好莱坞黄金时代一位伟大的演员。

伟大的演员这样的称号，在这个Youtube和Facebook当道的视觉世界；在这个人人都觉得自己是半个演员的时代，听起来都奇怪。近来我看Facebook上的一些照片，很多人在照相机前摆出明星的模样来。

在新闻里看她的照片，唯一能说出的就是：她真美！她的眼神、身体、身材，她的举手投足，她的娇柔和坚强，她完美的脸。真的，她真美！看着她的照片，久久地发呆，因为实在太喜欢看她，我感到自己被淹没在她不可测量的魅力里而不能自拔。

她的美是女人身体散发出来的一种完美的肉感美，不是那种瘦骨伶仃的骨感美人，成熟的伊丽莎白身体的每个部位都恰如其分地丰满而妖娆。她浑身都散发着女性的光芒，天然、丰满、娇娆、美丽，她站在那里，身体弥漫出一种让人不能抗拒的性魅力。她似乎在邀请每一个人欣赏她，我作为一个女人都被这种魅力征服了，我猜任何男人都无法拒绝。

她妩媚的眼神、微张的嘴巴，她无处不在的恍惚感，都散发出诱人的魅力。这样的诱惑力是非常罕见的，生活中只有很少的女人有这样的诱惑。她们站在那里看着你，让男人更雄性十足，让女人更妩媚芬芳。在两性互相吸引的神秘领域里，她代表着永恒的女人，如费雯·丽、玛丽莲·梦露一样。

我常常被这样的风韵美吸引，我忍不住看她们，忍不住想探究到底是什么让她们这么吸引人，不仅吸引男人，也吸引女人。

伊丽莎白·泰勒当之无愧是一个伟大的演员。她缔造了一个时代，她的天然美与高超演技结合，给我们留下的电影让人反复观看，不断地从她所创造的女性形象中获得力量。这些女性形象，既魅力十足，也坚强冷静、果断理性。任何看过她的电影《谁害怕弗吉尼亚·伍尔芙》（*Who is afraid of Virginia Woolf*）的观众都会被她的演技所倾倒，这是我最喜欢的她的电影之一。她演的女性形象类型广泛，从妓女到受高等教育的女人再到埃及女王，她创造的这些形象成为好莱坞历史和美国文化的一部分。

没看过她的电影，你就不了解美国。

当然，她的私生活也是让世界着迷的一个话题。结了那么多次婚，她不在乎世界怎么想她，她在乎自己想怎么生活。追求爱，渴望爱，她自己说，“每次结婚我都觉得会是最后一次了，我都是爱得昏天黑地的。”我听的笑了，完全理解她内心的想法。有这样的生活热情，她对现实规则的反叛就更有意味。本来她可以不结婚，与被征服的男人们过她想过的日子。可是她偏偏要结婚、离婚、再结婚、再离婚。在这种不停地结婚的举动里，我看出她的真诚与热情，和对现实规则的破坏。我既喜欢她的热情，也喜欢她的叛逆。

她去世了，好莱坞时代最后的一个伟大的影星去世了，一个时代过去了。

今天的好莱坞，每个女影星都在努力做中产阶级的好榜样，结婚、生子、带着孩子满街走，显示出美国社会天天推崇的家庭价值，真让人反感。再看看今日的影星，没有一个女影星有她的这种魅力和生活魄力。昨晚看了她的电影《热铁皮屋顶上的猫》（*Cat on a Hot Tin Roof*），算作对她的纪念。

【女人·梦想】

我一生见过很多美丽的女人，

女人的美丽，

在于她梦想更好的世界，更好的明天，

有梦想的女人，

道路从她的脚下开始，

世界为她打开。

浪漫的生活，美丽的文字

三毛是我觉得最亲近的二十世纪中国的作家之一。亲近她而因此喜欢她，喜欢她的程度甚至超过了喜欢张爱玲，因为张爱玲我无法模仿，我没有她的语言天赋。张爱玲讲的故事跟我隔着几个时代，她的语言，特别是比喻都横空出世、光彩万丈。读张爱玲的书是隔岸观火——观张爱玲语言的焰火，她的写作根本无法模仿。而三毛不同，三毛让所有做梦的女人都觉得自己可以像她那样做浪漫的梦，可以像她那样浪漫地生活，可以模仿她的美丽、简洁到几乎单纯的语言，像她一样浪漫地生活和写作。一个让做梦的人们通过她的文字觉得她是可以模仿的人，一定有特殊的魅力。三毛的魅力就是在她的作品中展现的：浪漫的人，美丽的字。

从民国时期到今天的中国，或追溯到更远，清朝、明朝、元朝、宋朝、唐朝……我坐在这里，思想走进历史的年代里，发现中国很少有作家能像三毛这样给我们提供一种引起我们遐思梦想的生活方式，一种似乎无拘无束的自由的浪漫的生活方式。

三毛走红的时候，很多人，特别是男性作家和评论家们，都很鄙夷三毛，认为她只是畅销书作家，根本不值得一提。我看看那些鄙夷三毛的作家和诗人，发现他们大多都是一群农民出身的写字的人，浪漫对他们来说不仅奢侈，而且无法忍受。我再看看他们的文字，他们表达出来的理想生活，无非是好几个女人围着自己转。三毛的个性独立与他们的理想生活背道而驰，她就是再爱男人，也没有失去自己的现代女性理想，难怪他们看不上她。

中国没有一个男性作家，有能力给读者提供一种新鲜美好的生活方式，让读者觉得可以“像他那样生活”。贾平凹是很出色的作家，不过我猜很少有人会想：我要像贾平凹那样生活。我想不出中国有哪一个男性作家能做到这点。唯一想起来的是苏联作家奥斯特洛夫斯基的小说《钢铁是怎样炼成的》，有一段时间，很多中国青年立志要像作品的主人公一样活着。不过，即使是这样，这也多半是人为宣传的结果。

中国历史上虽然有女作家给我们提供某种理想的生活方式，比如李清照的《金石录后序》中透露出理想的夫妻生活方式：她和丈夫一起去买书，回来分享书，看谁能记住某页某行的内容，烹茶读书、以茶代酒、赢茶大笑，以致茶泼洒在裙裾上。特别的爱情和理想的生活方式。李清照的文字让我们知道古代妇女可能有的幸福生活。可惜李清照这方面的文字，太少了，少到对中国女性的生活几乎没有任何影响。

二十世纪以来，在各种主义流行的时代，女作家们跟着潮流走，写现实的痛苦、写改革、写爱情，很多人写自己的生活，但是罕见有人能提供新的视角来看生活，来过生活。丁玲笔下的莎菲女士，有着外国名字的叛逆女性，并没有成为女青年模仿的榜样。张洁的《爱是不能忘记的》让一代人痛哭，却没有让一代人想过这样的日子。二十世纪以来，几乎没有一个女作家可以说：我书中人物的生活方式也让你梦寐以求。

只有一个人除外：那就是三毛。

三毛用她的文字构建了一个浪漫的自我。这个浪漫的自我搬到撒哈拉大沙漠上，跟阿拉伯人交往，信仰当地人的神奇的咒语，偷偷跑去看当地人在海边洗肠子的过程，既冒险又神奇、既潇洒又美丽，她描述的风、土、人、情，让我们这些只能在地图上旅行的女人或女孩子坐在家里，捧着她的书，遐想无边。我们对三毛着迷，沉迷于书中人物用浪漫和潇洒激起的爱情和生活的浪花。谁能不为三毛的故事激情荡漾呢？谁不羡慕或渴望有荷西那样的丈夫呢？英俊的、大胡子的、西班牙男人，光这几个字就够成为春闺梦里人了，就是浪漫的标志了，更何况难以企及的异域风光和让人梦想的异域男人。

书中的三毛是生活中的陈平吗？用笔名三毛、真名陈平的作者的话说，“我写的故事里只有百分之三十是真实的我。”而读者不听作家三毛的陈述。成千上万的读者不听她的解释，连我也如此。每个读者都执拗地认为，书中的三毛就是作家三毛。读者忽略的是作家陈平故意用“三毛”这个笔名，把自己和书中的人物三毛等同，这是以“我”来写作的一个策略之一：创造真实的感觉，让读者混淆浪漫的主人公与现实中的作家，让读者觉得书中所写的三毛就是笔名三毛的作家陈平。作家的经历与书中的主人公是否真的相似，那不重要，我们希望她们是一个人，作家也希望读者认为那是一个人。

三毛的作品里的女主人公三毛或Echo（她的英文名字，意思是回声，这是很有意味的。回什么声？内心的声音？）以自己的浪漫生活方式告诉每一个读者，生活可以充满了诗意，就是简单的买菜做饭，都可以插一把芹菜在水罐里，当鲜花摆在桌子上，让满屋生辉。屋子里不必有沙发，轮胎改成的椅垫堆在墙边，坐下去照样浪漫。三毛的生活是有趣的，她生活中的小事都比一般人生活中的大事有趣。她到美国，在一个社区学院学习英文，却遇到了一大堆好玩的朋友、好玩的事。她旅行去了一趟东柏林，遇到的是一段倾城的爱情。她在茫茫大海中的一个岛上买了房子、卖了房子，走的时候还在房子中间放一盆花，给新来的房主意外的惊喜、美好的祝福。她作品中充满善意，打动我们，让我们看到善良、美丽、爱情、友情、异域风光可以是生活的主调，而演奏这个主调的人如此浪漫，我们跟着一起为她的浪漫的魅力所倾倒。三毛的生活与我们的现实完全不一样，美如梦境。我们爱三毛，因为我们爱那如梦的“真”生活，爱里面的善，爱里面的真，爱里面的美。

三毛的作品语言如此平易近人，让我们以为我们都可以是三毛，都可以浪漫地生活、浪迹天涯、遇到那个捧着玫瑰站在窗户下的大胡子男人。即使没有遇到大胡子男人，也觉得我们可以分享三毛的生活故事、生活方式，三毛为我们塑造了生活的榜样。三毛给我们提供了一种生活方式：自由自在，浪迹天涯却情有归宿。

让我用学术的词语再次表达：三毛在其作品中构造的女性的自我主体形象，被成千上万的女性欢欣地接受，影响了成千上万女性的自我塑造和生活方式。这在中国二十世纪以来的文学和文化中，是绝无仅有的。

不仅如此。三毛还给我们提供了一种写作方式，一种用生活来写作的方式。三毛用自己的生活为写作的素材。她把生活变成了故事，把普通的故事变成了美丽的传奇。这样的写作，真假难辨。我是专门研究“自传性写作”的，我博士论文研究的题目就是《中国女作家小说中的自传性》，我对这种文体的各种写作策略相当了解，也因此尝试用这种方式写作。

这种写作方式，真真假假，假作真时真亦假。每一个写故事的人，谁不想给读者创造这样的梦境？曹雪芹如此，“满纸荒唐言，一把辛酸泪，都云作者痴，谁解其中味？”《红楼梦》之后有很多人梦想活在“大观园”里，可是“无为有处有还无”——在没有的地方创造出有来的时候，有也是没有啊。读者，包括我自己其实都不明白“假作真时真亦假”——把假当真的时候，真的也成为假的了。作家三毛用文字构建的世界就这样在无数人的心中留下了真实的影响。

这种真实的影响，居然到了有些人“不相信三毛存在”的地步，亲自去考察，非要写一本《三毛真相》给世人看，要揭穿三毛“真相”。三毛的真相用得着他去揭穿吗？三毛的真相，三毛都写给我们看了。她是一个构建的人物，是一个女人写作的身份，三毛不是陈平本人，三毛是陈平在写作时的身份和作品中的主人公。可怜又无聊的人写书揭密三毛，他岂止没读懂三毛？他也没有读懂读者。他想把陈平拉出来让我们看，可是我们不认识陈平，我们认识的是文字中的那个浪漫的三毛，那个三毛碰巧还是个作家。

我们爱三毛，她给人们的影响都是积极的。三毛没有给人们负面影响，就是她的死也是一个传奇：自杀而死。人们还没有想象出一个浪漫到七十岁的三毛会怎么样，但是作家三毛不能想象三毛老到七十岁还浪漫不已是什么样，她曾经试过。我看了网上流传的她和王洛宾的关系，还有她给贾平凹的信。我从直觉上不相信三毛与王洛宾会有任何超过友情的感情，因为三毛的浪漫，她可能语言上表达得有点过。曾经沧海难为水，三毛不会与王洛宾有任何浪漫关系，不过是那个老糊涂王洛宾自己一厢情愿而已。我也从直觉上认为三毛不会写这样的给贾平凹的信，因为这不像是那个谁也不崇拜、浪漫到永远、男人都为之倾倒、骄傲地浪迹天涯的三毛，反而倒像是一个拍贾平凹马屁的小女人。如果这封信是真的，我只能说作家三毛实在是想创造出点故事来，可是生活中真的没完美的故事可以创造了。作家三毛也意识到这点了，她必须把三毛杀死，她必须把自己杀死，才能让三毛成为永远的偶像、得到永远的浪漫。

三毛去世后第二天（1991 年的 1 月 5 日），我看电视上的新闻，非常震惊。给三毛拍照的摄影家肖全几天前来我家，我们谈到三毛，我对他说我是何等热爱三毛。肖全当时已经跟三毛约定好了，在三毛到国内来时还做她的摄影师。看到我对三毛的满心的狂爱，肖全感动了，对我担保说，“等三毛到北京来的时候，我一定带你去见三毛。”我对这个会面期待万分，我在等三毛，我曾经以为我可以跟三毛近距离接触，只要等到夏天，肖全就会把她带到北京来，我就可以去朝拜我的女神。没有想到三毛不想等到那个夏天了，她留给人间无限的遗憾，留给我无限的惆怅。

等我人到中年后，再次回顾自己对三毛的热爱，再次思考写作与人生的关系，我突然理解了三毛。三毛是别无选择的。作家陈平用语言创造了作家三毛，作家三毛用语言创造了一个自己。这个自己该怎么面对更年期，面对人的衰老，面对没有像荷西一样浪漫的男人的生活呢？三毛给我们提供的生活方式，要求这个浪漫的人，以浪漫的方式，结束这个故事。于是，故事就这样结束了。

三毛要是活着，该六十八岁了。可是三毛能离开浪漫故事而活着吗？三毛自己不相信，我们能想象吗？那个偏要一根筋地跟三毛较劲，跟热爱三毛的人们较劲，去揭露三毛的人，不懂作家三毛是现实中的叫陈平的人的写作身份。荷西到底是死了，还是活着时跟陈平离婚了，那不重要。我们爱的是文字中的三毛，是写作中的三毛。三毛，不管是作家还是书中的人物，她的生活方式和态度都让我们心仪，她的生活经历和爱情让我们羡慕，她的文字让我们热爱。因为三毛的文字如此平易近人、平淡幽隽，如此简洁纯净、丽句清词。我们热爱美丽浪漫的人物、美丽浪漫的故事、美丽浪漫的文字。三毛集这三点为一身,这就够了。

夏天的时候采采教授突然问我，你最喜欢的中国女作家是谁？我脱口而答：三毛。

想像上海三十年代的摩登

历史一代一代，“长江后浪推前浪”。学说这句话的时候我还是“后浪”，对“前浪”的退出并没有感觉，等左右环看，发现自己熟悉的名字开始进入“前浪”，才惊叹于这句话的分量。

清晨上微博，看到上海作家程乃珊去世的消息，甚为震惊。她六十七岁，因白血病而去世。她是年纪不算老的人，看网上的照片，身材微胖，倒是真有上海资产阶级太太的风度——我想像的资产阶级太太的风度，其实是不该这般胖吧？

记得她最早的小说，我还是上大学时读的，是一篇写母女的短篇小说。后来她写《蓝屋》，我就不再那么追着看了，一是我的孩子出生了，再没很多工夫看长篇小说；二是《蓝屋》中的故事，有些陈词滥调让我失掉了兴趣。程乃珊出身于资产阶级，对过去的资产阶级生活有十二分的向往与想像。我对上海滩的资产阶级，没有什么印象，除了茅盾的《子夜》中的吴荪甫。

后来读张爱玲，对新旧交替的中国有闲阶级有了一些理解，但终究我没有过资产阶级生活的梦想，所以，我坦白地承认，我再也没有看过程乃珊的书。不过，她在报纸上的文章，我顺带着总是瞄上几眼。记得二十世纪八十年代初，她常在《新民晚报》上写散文，谈到她的英文名字是 Nancy，还谈到她与美国演员帕克的交往，这些散文都很好看，也激发了我对国外生活的向往。她的文字，亲切而自然，没有资产阶级做作的架势。

后来偶尔在报纸上看到，程乃珊去了香港，至于她写了什么东西，我不太知道。可是虽然没有再关心，程乃珊作为我年轻时阅读过的作家，却留在了心里。后来看到她翻译郑念的书《上海生与死》，我没有读过译文，却是把她的名字再次记起了，觉得她真能干，又能写又能译。郑念的书篇幅很长，译起来不容易。

程乃珊去世了，标志着一代人开始谢幕，这个过程，就从一个又一个名字开始。据说程乃珊是“上海的 Lady（女士）”，不知到这种称号是褒还是贬。

2010 年 7 月的某个夜晚，我在外滩某个充斥着资产阶级气味的饭店里，看到一位坐在咖啡桌旁的胖胖的夫人，不知怎地，突然让我想到了程乃珊。她是上海资产阶级后裔，对资产阶级生活有先天的赞美。而我，却因为张爱玲而觉得那种装模作样的资产阶级，可笑和可怜。特别是看过《歇浦潮》之后，我总觉得资产阶级，从来都是张爱玲的父亲一般，有着西洋人的名字，用洋文签字，也看得懂洋文书，却躺在床榻上抽大烟，脸上有着千年来总是有点小心的笑容，好像总是陪着别人笑。

程乃珊留下来很多作品。我总喜欢看她的博客，文字是平常的，心态也平常，我原来的印象也许都是空穴来风。看到别人说她开启小资情调作家的先河，不知程乃珊怎样看这样的评语，于我则认为，程乃珊开创的是对上海资产阶级生活方式的想像。“文化大革命”之后，一代人走上历史舞台，伤痕文学中的怀旧，大多数怀的是建国后十七年的旧（1949–1966），程乃珊怀的是二十世纪三十年代的旧，怀念的出发点是在废墟上。程乃珊在废墟上构建了一个繁华的上海，这点，我觉得她比李欧梵都走得早。李欧梵的书《上海摩登：一种新都市文化在中国》英文版是1999年出版的，比程乃珊的书，晚了快二十年。上海摩登， 或想像上海三十年代的摩登，程乃珊走在了人们的前面。

更年期：生命更灿烂

“更年期”这个概念在我小的时候广为流传，那时我的母亲不到四十岁，听着母亲发脾气，我对朋友说：“我妈到更年期了。”

更年期是一个很可怕的东西，女人到了更年期就不由自主地疯狂了，虽然每个正常的女人都会经历更年期，但更年期像一个耻辱、一个烙印、一个黑色的恐怖阶段，过了之后，女人就不再是女人了。

当然，男人也有更年期，每个男人也都要经历更年期，而且给男人带来的“伤害”不亚于女人，或者应该说多于女人，因为男人的更年期更是一个不能谈的秘密。

“更年期”在人们的观念里成为一个很负面的词，

形容一个不正常的女人，常常用“更年期”来骂女人。记得我刚到美国，跟导师文棣·拉森教授谈中国文学，她对男文人对女作家的评价很不以为然，也很气愤，给我举例——某诗人说女作家的某作品是“更年期”的产品！我傻大姐般地问：“这个评价错在什么地方？”文棣说：“且不说这个诗人跟这个女作家年龄只不过差三四岁，他用更年期形容女人，是典型的‘女人是身体，男人是头脑’的概念。男人对女人的贬低有很多方式，其中之一就是骂女人更年期！”

我回味文棣的话，是的，男人骂女人的方式可真是多种多样，大多都与女人的身体有关，说某个女人到更年期了，就是骂这个女人没有理性了。

难道女人真的一到更年期就没有理性了吗？在美国如今这个女性向最高权力阶层突破的历史阶段，看看那些突破“玻璃顶棚”的女性，有几个不是正值或刚刚过了更年期的妇女？上个星期被任命为美国最大汽车制造商通用公司（GM）总裁的玛丽·巴拉(Mary Barra)，生于1961年，现在五十二岁，正值更年期。她是这个影响了二十世纪世界的汽车公司的第一位女性首席执行官，不仅舆论全部看好她，就是商业界、工业界也都赞美GM的选择。美国惠普公司（HP）

总裁梅格·惠特曼（Meg Whitman）生于1956年，1998年开始做ebay，把ebay变成美国最大的公司之一，2011年开始担当惠普公司总裁，四十二岁到五十七岁这个期间是她事业的巅峰——她的成就与更年期同在。

在美国成功的女性中，我发现大多都是在更年期才功成名就的。更年期之前的人生都是准备阶段，当更年期来临，生命开始绽放成美丽的花朵。比如美国最高法院九位大法官中三位女性法官：鲁思·金斯伯格六十岁被任命；索尼娅·索托马约尔五十五岁被任命；艾蕾娜·卡根五十岁被任命，全是自更年期开始这十年成为美国法印执印人的。在美国，这样的例子不胜枚举，成功女人在更年期时的绽放无比的灿烂。

我终于进入更年期了。十多年前我就常常在家里嘟囔："我肯定是到更年期了，什么都记不住！"家人摇头："叫什么啊，你去医院检查，看看你的更年期到没到。"医生听了我的话，大笑，"五年后你再来查。"两年前我做了一个更年期荷尔蒙项目检查，医生说："没到！指标是五，你还是七。"去年我做检查，医生说："是的，你进入更年期了。"

我问医生，"我该做什么？"医生说："该做什么做什么！用不着多做什么。更年期不需要特殊对待，要是有热潮，就放松一下，该做运动做运动，该享受性爱，就享受性爱。”

我被医学上正式宣布进入更年期了，一块悬在心中的石头好像落了地。我一直想写一本关于更年期的书，所以准备认真地记录我更年期的症状以及心态，看看我对这个被说得很可怕的更年期是什么样的感觉。

在我进入更年期之前，常常问比我年长的女性，“你更年期的感觉是什么？”有的人身体很不好；有的人没有什么感觉；有的人要吃雌激素；有的人精神几乎崩溃……我听了很多的故事，当我进入更年期的时候，也就是现在，我却觉得那些故事都很遥远，因为套用托尔斯泰著名的话来说：更年期的症状都是相似的，但每个人其实各有各的感受。

虽然人们进入更年期症状有共同点，比如热潮——会突然一阵热涌来，一下子汗水淋淋。美国的医学世界前列，可是专家们到现在还没有研究出到底是什么化学元素让人们突然出汗。请注意，我这里说的是人们，其实男女进入更年期后都会出现热潮这种现象。男女都如此，都会突然感到一阵热，特别是紧张的时候。遗憾的是，女性谈论这种感觉比男性多，人们就以为男性没有这种症状了，其实不然。

我这种感觉夜里才强烈，在梦中突然醒来，好像进入蒸气室里，汗水淋漓，我打开被子，给自己扇风。我夜里喜欢喝白开水，常常在床头柜上放一个瓶子，老伴听到我喊热，会起来给我拿水，毋庸多言，多年的习惯成为日常，每晚都是老伴把水瓶放在他的那边床头柜上，而我的床头柜上放满了书。

醒来后自己躺在床上，努力体验身体的感觉，真的，到底更年期给自己的身体带来什么变化呢？女人和男人该怎样面对自己生命的新阶段呢？

这是我要写的新系列——更年期系列的开始。用我以上举的著名女性的例子为开篇，题目是：更年期，生命更灿烂。

所有这些我都无所谓了

朋友五月花给我寄来一本书《所有这些我都无所谓了以及内心其它的自白》。在这阴雨沉沉的初冬，这本书让我有跟一个心心相印的朋友聊天的感觉。我们两个不停地点头（其实是我自己不停地点头），感觉就是彼此在交流，她都说到了我的心坎里。我点头如鸡啄米，半躺在床上，不到一个下午，就把书从头到尾读了一遍，时不时会心地笑。把书放下来，意识到自己的脖子都有点酸，我猜是点头点的。

给五月花打电话，告诉她我很喜欢这本书。电话的那边，她笑着，“我就知道你会喜欢！”五月花、七月都是我在网上交到的朋友，从来没有见过面，彼此却觉得心贴心。人生真是神秘，很多经常见面的人，常常感觉陌生，还觉得自己背后可能会被捅一刀。而网上未曾谋面的朋友，因写文字而相识，竟跟贾宝玉第一次见到林黛玉似的：这个妹妹我虽然没见过面，内心却是熟悉的。

谢谢五月花的书。这本书是美国电影演员雪莉·麦克雷恩（Shirley Maclaine）的近著，2011 年 4 月出版。雪莉是著名的演员，演过很多电影，现在已经七十六岁了。一般来说我对电影演员等的自传不太感兴趣，因为我常觉得一部好电影，主要还是剧本和导演的功劳，演员只是一个分子罢了。对电影演员的自我褒奖，我一直不那么感冒。可是五月花介绍的雪莉·麦克雷恩让我眼睛一亮，因为这不是一个电影演员在谈自己演的电影，而是一个善良、智慧、幽默、成熟的女人谈她在怎样生活。

我在她的身上看到了自己，好像找到了一个相像的朋友。

我常常想人们最好的朋友是自己，喜欢的朋友其实是自己的镜子，只有相像的人才能成为真正的朋友。我在现实生活中不认识雪莉，但是从现在起她就是我的朋友了，因为我们很相像——当然她比我漂亮，她比我的见识更多，比我有更丰富的人生体验。我们分享那么多共同的兴趣，读她的“自白”，就像读自己。我想，之所以爱她的文字，可能是因为爱她文字中的她，也就是我自己。显然我是一个自恋的女人，不过是通过他人而自恋。（但是，谁不是呢？）

雪莉开门见山就说，她觉得什么都无所谓了，但是她有一件事还是在意的：那就是，对世界的好奇心。看到这，我微笑。几天前老伴还在家里描述我说：“你这个人，每天一张开眼睛就是对世界的好奇。你总是好奇，总是想听新鲜的事情，看新鲜的地方，你这一辈子就是张着大眼睛东张西望。”那天就用老伴的话写了一个自我简介，给大学同学要编的回忆大学时代的书。我写道：“我坐在那里喝咖啡，默想他的话，最后点点头，是的，我是一个睁开眼睛就渴望看新的东西的人。这种习性让我追求人生的眼福、耳福、口福、脑福、性福，而从没有疲倦的时候。这样的理由诠释了我的人生。家庭、事业、工作、住所都变来变去，唯一没变的是我对一切新鲜事物的渴望和追求，一辈子可能就这样下去了。”

从雪莉的身上看到自己，我当然抿着嘴笑，继续看书。

“我已经对该做什么无所谓了。越老，我的‘剧本’越充满了冒险，可能还更危险。”这种对人生的渴望与智慧连在一起，“我对宗教意义上的恐惧已经无所谓了！我对那些不停地强调自己的人已经无所谓了！我对毫无趣味和心胸狭窄的人已经不再有礼貌了！我对那些粗鲁的年轻人已经无所谓了！”从另一个意义上看，“我将永远也不会停止理解男人和女人；我将永远不会停止喜欢好的记者报道；我将永远也不会停止信任他人”。

她充满幽默地说：“性对我无所谓了”（不是我对性无所谓了）。“我曾经有过很多爱的绯事，对性的绯事，我复杂得不够，因为性必须得有感情的因素。”我大笑。

雪莉问自己：“现在回想我的生活，不禁想我那时到底用我的荷尔蒙、我的吸引力、我的渴望干了什么？因为我总是强烈地感到自己对自由的需要。跟我有关系的男人都想跟我结婚，于是我结婚了，就是为了不再有这事烦我。我丈夫和我对各自情人的生活有安排的自由，我们是朋友。结了婚，就是为了不必再结婚。不明白人们对形式的需要，我永远也不能过那种为了荷尔蒙乱窜时候的需要就把自己拴在一个允诺上的生活。”

“因为对性行为不再感兴趣，我开始把好奇用在别人身上。我对别人的性生活并不感兴趣，极度感兴趣的是性是怎样出现的，就如同我对死亡之后的生命、出生之前的生命有兴趣一样。”因此，雪莉写自己的性生活，对性的理解，人与人之间的性的吸引力。

这样充满欢乐和智慧的书，让我读得不亦乐乎。对我来说，好像有一章专门给我写的：“恐惧似乎是最常见的人类的感情，也是最容易压榨的感情。害怕上帝、害怕魔鬼、害怕恐怖分子、害怕死亡、害怕生活、害怕比赛、害怕……要是知道怎样宣传恐惧，并用此制造文明，你肯定能挣一大笔钱。”读这段时，我摇着头微笑，是的，我明白你在说什么。我们被恐惧所威慑，如在地狱生活，自从我学会不再恐惧，生活里真的都是阳光。

以前我怕别人不理解我，现在我不再怕。爱理解不理解，我活我的，不是为谁的理解而活，而是为我自己的快乐和给别人快乐而活的。雪莉说：“我总是一个人旅行，因为我要强迫自己不再恐惧。”我点头。我也是常常一个人旅行，我正在编的新书的书名就是《独自旅行》。于我，独自旅行并不是为了克服恐惧，而是在独自时，我更能感到自己的存在，有空间进行思考。

大学的时候，乃至四十岁之前，我完全没有自信，被恐惧，特别是别人如何看待我而震慑。现在我有足够的自信与能力相信我的观察、思考和文字，我不再恐惧。写我心想的，做我愿做的，爱我爱的一切，人生中有很多事情我也无所谓了。真正在意的是你，是我挚爱的朋友、亲人和我无法完全表达热爱的这个不完美的世界。

女朋友

每个人的一生都应该有这样的朋友：当你万念俱灰，觉得生活好像过不下去了；当你跟爱人吵架了；当你与刚相识不久的人在一起玩后要倾诉感觉；当你钱包突然空了，需要支持；当你到新的工作地点去面试，心里打鼓……是的，在这样的时刻，好朋友都会在那里，你拿起电话说，“好朋友，我……”

这样的朋友往往是同性的。于我，最好的朋友都是女性。

我非常喜欢一本书，是美国著名的专栏作家埃伦·古德曼（Ellen Goodman）写的，书名叫做《我确切地知道你的意思：女性之间的友谊》（*I Know Just What You Mean*：*The Power of Friendship in Women's*

Lives），那本书是2000年出版的。因为一直在报纸上关注埃伦·古德曼的专栏，看到她出新书，就买了一本。书拿到手我就开始看，没有停，一直到把这本书看完。

埃伦·古德曼和她的好朋友帕吹莎·奥伯莱恩两个人合作写彼此在三十年的友谊里怎样帮助、支持、激励对方，怎样在彼此恋爱、结婚、生子、离婚、择业、写作等等方面一步一步地为彼此“守护着”。书中谈到女性友谊：“友谊对女性极为重要，而且重要的不得了。今日的女性，生活常常在转折中，比以往任何时候都更依赖朋友。很多一度相信‘家庭’是生活中心的女性，相信结了婚就永远生活在幸福之中的人，现在都知道了，有无朋友是孤独的生活和快乐的生活的根本区别。当她们面临重要生日的时候，女性常常深呼一口气，左右环看，看看那些生活中伴随的女朋友，才意识到，女性友谊也许是最重要的、最长久不变的关系。”

这本书中采访了很多女性，她们都谈到女性友谊在生活中极度重要的意义。一个女人一生可能会结婚、生孩子、离婚、赡养父母等等，男人在生活中是可以换的，我们可以有一个或更多的丈夫，而在一生中最高兴和最失望的时候，陪伴扶持我们的始终是女朋友。我看完这本书，对美国女性之间友谊的概念和实践有了深入理解，也更理解我的朋友们。

今天早上起床后，打开电脑，首先看到的就是我好朋友的电子邮件。她要把刚租的纽约曼哈顿公寓的钥匙寄给我，要我新年之夜到纽约去，与我的爱人一起在那里过节。她寒假要回加州，仓促地租了公寓，准备好一切东西，知道今年的新年对我格外不同，想尽办法鼓励我去纽约，在时代广场等待新年。

在这个雨声淅沥的早晨，我看到她简短的电邮，感到友谊的温暖。好朋友，我至亲的好朋友，我来到美国的第二天与你相识，从那天起我们就成了朋友。十多年来，是你教我用电脑，写英文，我的每一篇文字都经你修改过。这十多年，我离婚，结婚，孩子上学，辗转在各地工作……我生命中没有一件事你不“守护着”，甚至婚礼，你都是我的伴娘。生命中的每一个转折，你都和我在一起。我们几乎天天说话，比爱人还亲。是的，男人在我们的生活中走来也走去，孩子在我们的生活中成长，也会离开我们。可是我们却为彼此存在，为彼此在那里。用怎样的言辞才可以表达我们之间的关爱、理解和支持？记得有一次我跟你生气，说不想理你了。你给我打电话，在里面冲我喊，“我们永远都不能离开彼此，一辈子都离不开。你是我的中国姐姐，我前生一定是中国人，不然不会遇到你。”我握着电话，泪水湿了眼睛。

看完好朋友的信，再看今日的《纽约时报》。有意思的是，今天的报纸报道的是要竞选总统的希拉里·克林顿和她女朋友的故事。希拉里·克林顿被很多人认为是一个不动感情的女人，因为对自己的私人生活极度保护，她从来不谈论个人感情。这种铁娘子形象，不是美国人喜欢的，他们一般还是觉得女性应该易动感情一些。如果一个女人不那么流露感情，对这样的女人，美国人会觉得不够女性气质。希拉里竞选，既要显出男性一样坚毅的领导气质，也要显出女性的温和柔弱本性，不然人们认为希拉里被异化了。今天的报道就是从希拉里和她女朋友的关系角度看希拉里。在美国文化中，一个女性有没有好的女朋友，是检验这个女人的人格品质的试金石。

希拉里有一个好的朋友——黛安·布莱尔，阿肯色大学政治学教授。为了帮助希拉里度过从阿肯色到白宫的转折生活，1993 年特地搬到白宫，天天陪伴她。希拉里说她是“最好的朋友”，在 2000 年黛安逝世的追悼会上，希拉里谈到她们生活中的小故事，怎样相互帮助，彼此为对方“守护着”。黛安是希拉里如姐妹一样的女朋友，在白宫的岁月，当希拉里遇到困难的时候，黛安会给她写信，其中一封信曾这样写：“无论你什么时候感到处理事情很困难，想想白雪公主，她得和七个男人一起生活。”通过谈及希拉里表达感情的时刻，《纽约时报》给人们展现了一个感情丰富，女性气质也不弱的希拉里。

美国是一个高度重视女性友谊文化的国家。关于女性友谊的书籍真是数不胜数，从各个角度研究女性友谊的意义和作用。我还看过其他几本书，比如《雨来了，阳光来了：女性之间的友谊》《生命中的女朋友：值得保持终生的友谊》《女性友谊之间的快乐：分享密友的才华》等等。因为关注女性之间友谊，我对这些书都很喜爱，买来送给我的女朋友们。去年我还买了古德曼的这本书，作圣诞礼物送给回到中国的一个女朋友，表达我对她的友谊。

前几天好朋友来这里玩，我恰经历一次突然的感情波折。我的好朋友说，“什么也比不上我们的友谊。没有一个人可以离间我们。男人我们可以不要，可是不能不要彼此。”我面对她那么漂亮的面孔、听着她甜美的声音想，这样纯粹而智慧的女人，我何等有幸和她做朋友啊！我深深地爱她。

老伴说我："你觉得天下女人都漂亮。我从来没听你说过哪一个女人不漂亮。"

我回答："女人本来就是水做的骨肉，天然就漂亮。我一生见过很多漂亮、智慧、美好的女人，与女性之间的友谊，构成我生命中最美丽的部分。"

【女人·勇气】

勇气是通过考验才获得的品质，

没有考验，勇气只是两个字而已。

勇气是通过无数无眠的夜晚，通过惊心动魄的深深恐惧，

通过最疼痛的折磨而获得的内在力量。

第三辑

女人的聪慧

通往塞纳卡瀑布村的路

1848 年 7 月 19 日，盛夏的塞纳卡瀑布村突然热闹起来了，这个小村子坐落在纽约州北部相当偏僻的地区。前年八月的某天，我来拜访这个女权主义的圣地。驱车在空旷的公路上，我简直不能想像一百六十多年前，三百多个女人和男人是怎么汗流浃背地走着、咕噜噜地坐着马车或烈日之下骑着马来到这个小村庄开会的。

这天，发生了美国历史上一个划时代的事件，美国女性权利大会要在这里举行。十几天之前，四五个女人借着一个女人从别处来访集体喝茶的机会，聊到美国女性的社会地位问题。其中一位，伊丽莎白·斯坦顿提议为何不开一个大规模的会，吸引和组织女人一起来讨论这个问题？伊丽莎白的提议受到热烈响应。大家决定7月19日这天，就在伊丽莎白家所在村子里的小教堂开这个会。

邀请信发出去了。1848年美国乡村的小路都是土路，交通非常不便，到底会来多少人？没有人有把握。必须承认，组织会议的五个妇女，都是当时中产阶级的女性，她们的生活并非饥寒交迫，日子也不是困苦劳顿，这些女性过着富裕的中产阶级的家庭妇女的生活。伊丽莎白·斯坦顿的丈夫是一个有名的律师。但是，在那个时代，美国的女性一旦结婚，就没有了自己的财产权。她的财产，甚至身上的衣服，都归丈夫所有。她没有身体权，女人生的孩子都归男人所有。她没有受教育权，虽然伊丽莎白·斯坦顿受到非常好的教育，但那是在父亲的指导下学习的。

事实上，伊丽莎白的父亲起初并不想教育她。她是家中第八个孩子，她共有十个兄弟姐妹，可是六个都早逝。特别是她上哈佛大学的哥哥，父亲最珍惜的男孩子，突然生病而死，父亲因此身心交瘁。年纪小小的她，安慰父亲说："我将成为我的所有哥哥们的总和"。父亲望着她，摇摇头，叹息："哦，我的女儿，我真希望你是一个男孩子"。她坚定地说："教我吧。”她聪颖超群，成绩非凡。可是成年后的她不能上大学，不能当律师，因为她是女性。她后来结了婚，相爱的夫妇不停地生孩子，她有七个孩子，因为那时没有避孕药具。

自己的亲身经历让她不停地思索女性的地位：为什么同样是人，男人就有权力决定我们女人的生活？她成了那一代女性的思考者、组织者。后来她邀请与自己志同道合的朋友苏珊·安托尼住到自己家来，她们思考讨论、共同写作，号召和组织女性团结起来，她们的友谊是女性合作的佳话。

出乎所有人的预料，在这个宁静的夏日的早晨，一个又一个的人来了，一辆又一辆的马车来了。一个十九岁的缝手套的女工夏洛特·伍德沃德，也走在通往塞纳卡瀑布村的路上。她每天工作十几个小时，挣到的钱永远也不会够上学。当听说有这样一个会议，这个会议要讨论“女人的社会、民事和宗教境况以及女人的权利”，她激动万分，没有钱坐马车，她就走着去开会。走在路上的还有一个十五岁的姑娘卡瑟林·费什·斯泰本，她将是在大会的《情感宣言》上签字的年纪最小的女性。

人越来越多了，马车也越来越多了，小村子的路突然堵得车都过不来了。塞纳卡瀑布村出现了历史上从来没有过的交通堵塞现象。2010 年的 8 月初，我开着车也走在这条路上，柏油铺就的公路上，几乎没看见几辆汽车。

大会开了两天，近 300 人参加。最后有 100 人，68 位女性，32 位男性，签署了大会的宣言。这些男男女女，在那个时代分享一个共同的梦想：女人可以参政。他们分享一个共同的、在当时几乎是大逆不道的想法。那时美国已经建国六十多年了，《美国独立宣言》虽然宣布人人平等，但实际上美国政府言行不一，因为美国政府没有给白人女性和其他肤色的人民参政的基本权利，政治选举权是女性人权的出发点。

女性参政就这样成为女性权力的根本表达，伊丽莎白·斯坦顿终身为女性的参政权斗争。她曾多次到美国国会争取，强烈要求政府给予女性政治选举权。遗憾的是，她在有生之年没有看到这一权利的实现。她去世后十八年， 也就是 1920 年，美国女性才都有了政治选举权。

毫无疑问，女性参政的程度，即参政的普遍性与参与决策的重要性，标志着社会男女平等的程度。1917 年，政治选举权活动家，詹娜特·蓝肯（Jeanette

Rankin）当选为美国历史上第一个女国会议员，代表蒙大拿州参政。詹娜特的一生充满了许多个第一。她少年时代起就投身于争取女性政治权的事业，二十四岁的时候就组织自己所在州的女性争取到了政治选举权。二十七岁竞选议员成功，成为第一个坐在美国国会里的女性议员。她第一次走进国会大厅的时候，全体国会议员都站起来向这位年轻的女性致敬。

一百六十多年过去了，虽然还有很长的路要走，但美国女性参政的比率已经大大提高了。美国目前国会的435位议席里共有72位女性议员，100位参议员里有17位女性参议员。这些女性政治家都是过五关斩六将竞选出来的，需要很大的勇气和魄力。在男女共同建设更美好生活的合作里，女性参与国家政策的最高层决策必不可少，国家的事务必须是男女共同说了算。

通往塞纳卡瀑布村的路，是女性参政的路。

为女性争取生育权的一生

一百多年前（1912 年）的夏天的某个傍晚，一个名叫玛格丽特·桑格的护士突然被从家里叫到医疗所来帮助抢救一个做堕胎手术不成功的女人，这个女人在大出血。玛格丽特立刻从家里到了医疗所，在血止住后，这个已经失血过多的女人抬起头来，问玛格丽特和医生她怎样才能不再怀孕："我不想再要孩子了！"她二十八岁，已经有了三个孩子。在当时的美国，避孕与人工流产都是犯法的。医生耸耸肩，开玩笑地说，"让你的丈夫到房顶上睡觉吧！"几个月以后，玛格丽特再次遇到这个女性，她又怀孕了，又做了人流，但是这次没有那么幸运，她感染了，几天之后死了。

这件事深深地触动了玛格丽特·桑格，多年后她不停地讲述这个故事对她人生转折性的影响："那个凌晨我回到家，打开窗户，我看着黎明的天空，决定从此以后要改变母亲们的命运，她们的苦难太深重。我将让女性获得避孕的知识，让她们有权了解她们的身体。我将出击，站在房顶尖叫，告诉世界女性的可怜生活，无论代价多大，我的声音都将被听见！"这一年她三十三岁，已经有了三个孩子，她决定为女性争取生育权而"出击"，包括避孕与堕胎权。

这一年，她开始为纽约一家报纸写性教育专栏《每个女孩都该知道的事情》，专栏常常遭到美国政府的查禁，认为她在宣传不该讨论的题目。那时，宣传身体与生理知识被看作色情，何况她提倡有计划的生育。她的一生都在跟美国政府的查禁、监禁斗争。她几次被捕，关进监狱，因为她宣传人类的生育不应由男人和政府、国家决定，而应由女性决定。她说："女性必须有选择她是否成为母亲和要几个孩子的根本自由。不管男人的态度如何，在生育权成为他的之前，生育权首先是她的，是她一个人的。每次生孩子的时候，是她一个人走向死亡的峡谷。所以男人或国家都不能强迫她经历这种苦难才是对的，所以她有权利决定她是否忍受这种苦难。”

她的口号是“每个孩子都应该是想被要的孩子。”她说：“成为母亲是深深地渴望的果实，而不是无知与事故的结果，被渴望的孩子才能成为新人类的基础。”后来她又进一步提倡女性的性权利，认为女性有权享受性快乐。这些今天看来是基本的人权观点，在当时却是非常激进的，玛格丽特·桑格成为当时美国最被仇视的人之一。直到今天，美国的宗教势力还在丑化和攻击这位改变了文明国家每个女性命运的无畏的女性。

玛格丽特是家中十一个孩子的第六个，她的母亲共怀孕过十八次，死的时候不到五十岁。玛格丽特说，“从我很小的时候起，我就把贫穷、失业、酗酒、家暴、债务、监狱与复杂的家庭联系在一起。”她一直相信她母亲的死，与过多怀孕和生育有关。

在做护士时，她目睹很多劳工阶级女性没有钱，也不敢公开做堕胎，而不得不找“小胡同里的黑医生”做便宜的会导致生命危险的手术。她意识到对有钱的女性来说，法律不允许避孕或堕胎影响并不大，因为钱可以买到她们要的服务。法律真正禁止的是普通女性避孕和堕胎的可能，工人阶级女性成为阶级、性别、被迫生育的牺牲品。她说："如果她不能拥有和控制自己的身体，那么没有一个女性可以称自己是自由的；直到她可以自主地权衡并决定她是否要做一个母亲，否则没有一个女性可以称自己是自由的。"

玛格丽特·桑格不仅做各种宣传、写文章、出杂志，也组织女性从立法上改变美国法律。她于1929年组织"控制生育促进联邦立法全国委员会"，推动联邦立法，允许医生散发避孕药具，1939年"美国控制生育联盟"成立，这个组织就是今日"美国计划生育联盟"的前身。她把自己的一生的主要精力都放在为女性的生育权奔走呼号的事业上，她的行动和思想，无论你是否意识到，都改变了我们每个人的生活。

玛格丽特·桑格说："人类内在的生育能力，只有得到控制才能维持进步。鼓励控制生育率，并把获得避孕的知识作为一种权利，即使不依靠任何有智力的人类社会体系也能维持很久。没有任何制度，能抵抗非控制的、非限定的、压倒一切的生育潜力。"

今年是玛格丽特·桑格开始她为女性生育权斗争的一百周年。去年十一月，古彻学院（Goucher College）历史教授珍妮·贝克出版了新的传记《玛格丽特·桑格：激情的一生》。贝克教授说："纵观桑格的一生，是激情的一生。她为女性生育权的斗争，充满了激情的力量。”女性的生育权，最根本是计划生育的权利，只有计划生育才能给女性带来真正的解放。计划生育，包括普及避孕的知识与工具、堕胎与孕妇健康、女性的性自由与性健康。

玛格丽特·桑格把自己的一生贡献给了争夺女性生育权的事业，正是她以及她们那代女性的努力，我们今日的现代女性才有权利支配自己的身体，尽管直到现在这个理想并没有在全世界实现。

最著名的女权主义者

美国最著名的女权主义者是谁？如果你问任何一个五十岁以上的、对美国女性思想稍有了解的普通人，我想，每个人的答案将相似，都会说出一个人的名字：格劳瑞亚·斯坦尼姆（Gloria Steinem）。

格劳瑞亚·斯坦尼姆是美国女权主义运动第二浪潮的两个主要领导人之一，她的名字在美国，比另外一个著名的女权主义领导人贝蒂·弗里丹还要响亮得多。年逾七十八岁的格劳瑞亚仍长发披肩，精神矍铄，侃侃而谈。五十年前她因相貌出众曾经为《花花公子》工作过，多年来她的面孔常常出现在美国的电视上，她的面孔就是美国女权主义运动的面孔，当然这是一张代表美丽尊严的面孔。

不久前她接受记者采访时被问到，你的美貌对女权主义运动有什么影响？她答："很高兴我有这样的面孔，我也为我的身材感到高兴，但是，我们这个社会过度关注女性的面孔和身材，而忽视了很多影响今日女性生活的问题。女性仍然仅仅被看成是花瓶。"她微笑着，一针见血地指出记者问题的局限。

这也是她写的畅销书《内部革命：自我价值》（1993）的主题之一：人该怎样发现自己，不是通过别人的眼睛，而是通过肯定自己，赋权给自己。这是一本受到成千上万读者热烈好评的书，题头是："本书是给每一个人写的，女人、男人、孩子，甚至一个民族，他们的权力因缺乏自我价值而受到限制。"格劳瑞亚认为，一个人以及国家，自我价值是走向尊严的起点。一个人没有自我价值的期许，不可能拥有自我；一个国家没有自信，不可能实现民主与自由。

格劳瑞亚·斯坦尼姆是美国女权主义运动和思想的发言人。1969 年 4 月，她的文章《黑人权力之后，女性解放》是第二浪潮女权主义运动的号角。这篇不长的文章，响应贝蒂·弗里丹的号召，"把美国女性带入全面参与主流社会中，行使权利、承担责任，与男性做真正的伙伴"，综述了女权主义运动的主要目标，文章说，“从长远看，女性的解放，也是男性的解放。”这篇文章是美国女权主义运动史上的必读篇目。

格劳瑞亚是一个不倦的写作者，她的书常常一出版，就成为畅销书。她的主要著作还有《让人激愤的行为与日常的反叛》（1995）、《超越词语的运动：年龄、愤怒、性、权力、钱、肌肉：打碎性别界限》（1995）、《玛丽莲：平平常常的珍妮》（1997）等。她还参与著名的《读者伴侣版：妇女历史》一书的编辑工作。

格劳瑞亚·斯坦尼姆是美国女权主义运动的活动家和组织者。她一生不停地创建各种女性组织，在美国社会、政治、文化和媒体上发挥重要的作用。1971年她创立了“女性行动联盟”（Women's Action Alliance），协调美国女权主义组织的行动，发起女性的草根运动。接着她又创立了“全国女性政治讨论会”（1971），是当时美国唯一帮助女性参与美国各地政治的组织，格劳瑞亚认为要改变美国社会女性地位，就要从进入制度内部开始，女性需要组织帮助介入政治。1974年她参与创立了“劳工女性联合会”，专门解决和研究女性在职场的不平等地位问题。1992

年创立了“美国：选择”组织，鼓励对女性生育权的研究，专注为女性争取堕胎权等身体权利。2004年，她参与创立了“女性媒体中心”，成为美国媒体性别监督的主要机构，这个中心的口号是：性别平等与性别主义势不两立！它在监督美国媒体性别歧视报道方面，有举足轻重的作用。

格劳瑞亚成为美国女权主义代表的重要贡献之一是出版和编辑《女士》（*Ms*）杂志。1972年，格劳瑞亚在女权主义的高潮中创立这个杂志，当时人们认为，这个杂志不会有人看，也不会长久。出乎人们意料的是，第一期在几天之内就售罄，不得不加印。这个杂志到现在已经出版了四十年，是美国女权主义思想的喉舌。格劳瑞亚担任责任编辑十七年，虽然后来她不再做具体的编辑工作，但一直担当杂志的咨询顾问，她的编辑方针和为杂志所写的文章，是美国女权主义思想和运动发展历史的一部分。

格劳瑞亚·斯坦尼姆在美国的政治和文化生活里是独一无二的。她仍然健在，但已经成为美国历史、政治和文化的传奇，关于她的传记到目前为止已经出版了五种，她被誉为“美国女权主义的阿凡达（化身）”，从某种意义上看，她个人的历史，就是美国第二浪潮女权主义运动的历史，她受到美国各个方面的尊敬，获得过无数奖励。1993 年，她的名字就被收入“美国女性荣誉大厅”，作为改变了美国的女性而名垂青史。2011 年，关于她的电视专题片引起很多讨论。2012 年 4 月，第 71 届“美国人道主义协会”授予她“年度人道主义者”称号，表彰她一生为世界女性争取平等权利所作的贡献。

勇敢的思考者

美国女权主义学者苏珊·古芭是一位勇敢的思考者。她是一位大名鼎鼎的学者，二十多年来她出版了很多著作，对西方女权主义理论有重要的贡献。上个星期，她的新著出版，成为女权主义学者们庆祝的一件大事。

有意思的是，她的新著并非学术作品，而是自传《一个女人的回忆录：忍受卵巢癌》。这是一本不同寻常的自传，记录的是她这两三年的生活。2008年底，苏珊·古芭被发现患有卵巢癌，之后她做了好几次手术，子宫、卵巢被摘除了，甚至切除了大部分肠子，她不得不中断了教书生涯。她开始写自己的疾病，写对女性身体的思考。苏珊·古芭在书的开篇谈到她写作的动机：

“我被一种欲念所激励，那就是打开一个写作上的禁区。弗吉尼亚·伍尔夫曾说，她那代女性写作者没有解决的问题就是讲出女性身体的真实经验。我因此寻求并准确地记录我不能也不会对家里人讲的感觉与经验。”

美国每年有两万多女性患卵巢癌，苏珊·古芭以自己的身体为观察对象，探讨疾病、医学、身体、衰老与死亡的关系。这种勇敢的精神激励了每一个读者。

三十多年前，苏珊·古芭开始了充满勇气的思想之旅。1979 年她与另一位学者桑德拉·吉尔伯特合作挑战文学史，出版了《阁楼上的疯女人：女作家与十九世纪文学想象》，开创了女权主义文学研究先河。本书不仅成为女权主义学术的奠基之作，也成为了学术经典，直到今天也是研究英美女性文学的必读书目。

多年来她跟桑德拉·吉尔伯特合作，一直在开创女权主义思考领域里探索。1981 年《莎士比亚的妹妹：女权主义论女诗人》一书出版。这本书以《一间自己的房间》的作者，著名的英国女作家弗吉尼亚·沃尔夫的思考为起点。沃尔夫曾经说，如果莎士比亚有个妹妹，跟他一样有才，会不会成为作家？结论当然是不可能。本书是女权主义“发现女性作者”领域的开山之作。

1985 年，苏珊和桑德拉编纂了著名的《诺顿女性文学选集》，获得了当年《女士》杂志的“女性人物年度奖”。诺顿文学在英美文学里有标榜经典的意义，她们的获选使女性文学成为英语文学的经典。随后，她们陆续写出了新书《没有男人的大地：二十世纪女作家的位置：言语的战争》（1988），《性变幻》（1989），《前线来信》（1994），1995 年她们编写了一本有关母亲的诗集《母亲的歌：写给母亲》。2007 年她们共同编写了《女权主义文学：理论与批评诺顿读本》。

她们写作与编纂的书籍，总是有一种勇敢挑战的意义，她们写前人所未写，做前人所未做，是女权主义思想和批评实践的代表。

除了与好朋友合作，苏珊·古芭自己的学术研究与创造性写作也很勇敢，探索别人没有走进的领域。她研究美国文学、摄影、绘画和电影中的种族表现，出版的著作《美国文化中的白皮肤、黑脸庞》是对美国文化的深刻分析，2000 年的批评散文集《批评的条件：世纪之交的女权主义》也相当好看。2003年她的著作《奥斯维辛后的诗歌：记住那些我们不知道的》让我从新的角度思考大屠杀文学、苦难文学与证词的关系。

苏珊·古芭的书总是有强烈的启发性。读她的书，我总是备受激励。学术是创造思想的活动，不创造新思想的学术，没有意义。苏珊·古芭的学术表达出她的勇敢，总是从新的角度给读者带来新的思考。

2006年，苏珊·古芭的《我们自己的房间》是她自己在大学教书生活一年的记录。该书模仿弗吉尼亚·沃尔夫的风格，采用叙述与回忆的方式，其本质上是一本学院小说。在书里，她描述了近三十年来女权主义思想对学院的改变，描绘了学院内不同思想的斗争以及人的复杂关系，把女权主义知识分子的学院经验写得引人入胜。2009年她出版了文化传记《犹大》一书，对耶稣的第十二个门徒在文学、艺术、哲学思想中的形象进行了历史文化梳理。该书被2009年美国《文学编年》誉为年度最佳图书之一。

2010年，她获得了美国总统颁发的“总统杰出人才奖”，这是美国总统颁发给公民的最高奖项。

一个女权主义学者用自己的学术思想改变了美国知识分子的面貌。她单独写作或跟桑德拉合作的书，常常引起争鸣，这些争鸣为女权主义思想开辟了新的天地。苏珊·古芭的名字几乎成为了女权主义思考者勇敢的标记。

今年六十八岁的苏珊·古芭，以极大的个人勇气，用自己的身体和经验，再次勇敢地探索新的领域，她所写的《一个女人的回忆录：忍受卵巢癌》，谱写了生命无畏的最后篇章。

无畏无惧的海伦

本月二十日，九十二岁高龄的美国记者海伦·汤马斯在离她九十三岁生日只差两个星期时去世，结束了她七十年的媒体生涯。用她自己的书名来描述她——“民主的看门狗”，也许是最准确不过的。她是一位无畏的女权主义者；一位打破了女性面临的层层隐形障碍即“玻璃房顶”的勇敢女性；也是一位常常说出真实，特别是越老越敢说真话的记者。

海伦·汤马斯生在一个黎巴嫩移民家庭，父母从贫穷的家乡坐船，在纽约的爱丽丝岛登陆进入美国的时候，移民局的官员嫌他们的姓“安托尼奥尼斯”不顺口，给了他们一个新的姓：汤马斯。海伦是家中九个孩子中的第七个，上小学的时候，她常常哭着回家，因为那些说英语的美国孩子欺负她这个弱小的女孩子，给她起外号，管她叫“吃大蒜的”——对阿拉伯人侮辱性的称呼。因阿拉伯后裔而被欺负的童年对她的政治立场有很大影响。

海伦·汤马斯上大学的时候，想学新闻，但那时没有新闻专业，英文系毕业后，找到的第一个工作是在报社做校对。她从1943年开始在新闻界工作到2013年去世这七十年的记者生涯，使她成为美国女记者的旗帜。她总是想方设法打破给女性设定的界限。比如1962年她劝约翰·肯尼迪总统不出席白宫组织的新闻记者和摄影师联谊晚宴，因为这些晚宴不允许女记者参加。肯尼迪总统于是把这两个晚宴合在一起，并邀请女记者参与，从而改变了历史，虽然只是历史中的一个小细节。

从这些小细节做起，她成为美国新闻协会的第一位女性主席，成为白宫记者协会的第一个女性成员，并成为该协会的主席，成为具有上百年历史的、只有六十五名成员的、具有极为特殊荣誉的白宫新闻记者俱乐部的第一个女会员。早在1976年，她就被美国家喻户晓的《世界农历书》评为美国最有影响力的二十五位女性之一。成为新闻历史上打破种种界限的第一位女性并不是她的目的，她说，要想对权力进行质询和监督，必须走近权力，接近权力。

运用她的声望与地位，她坚持对美国最高权力发出毫不留情的质询，这种行为导致在布什总统任职期间，她在白宫新闻发布会上的位子从第一排被安置到最后一排，因为白宫不喜欢她的提问。2007 年 11 月 30 日，在白宫新闻发布会上，海伦·汤马斯问新闻发言人是否知道美国入侵伊拉克到底杀死了多少无辜的伊拉克人。白宫新闻发言人十分生气，认为提出这样的问题是对美国政府的冒犯。汤马斯并没有退步，而是进一步问：“你对无辜生命的丧失所表示的遗憾是否真诚？”

就是对奥巴马总统，她也豪不留情，2009 年 7 月，她批评奥巴马总统的新闻控制：“我们曾经有过一定的控制但从来没有像现在这样，那些口口声声说要开放、要透明却暗中控制的人让我瞠目结舌。”虽然奥巴马总统总是对海伦·汤马斯表示格外尊敬，但奥巴马政府并不喜欢这样的评论。

2000 年她离开了工作了五十七年的新闻机构，开始写作个人专栏。终于可以自由写作，她坚持站在弱势群体的一边，站在权力的对立面。她的专栏惹得很多人不高兴。她说："当新闻记者的时候，自我检查了五十年，现在我每天醒来问自己：我今天讨厌谁？"她实话实说的个性在她生命的最后十年给她找了很多麻烦，她不得不辞职，她的大学母校甚至停止了以她名字命名的奖学金。美国的媒体并不时时喜欢实话实说的人，大部分媒体，特别近十年，似乎多数都在变成拍马屁的媒体，用美国一个评论家的话说，那就是为总统说的根本不可笑的笑话，大多数记者笑得下巴都掉了。正是在这样的背景下，海伦·汤马斯便成为可贵的旗帜。

2010年5月她离开白宫北边草坪时回答一位来到白宫庆祝美国犹太遗产节的拉比的提问。海伦·汤马斯为巴勒斯坦人辩护，说巴勒斯坦人是被侵略的人民，那片土地是巴勒斯坦人的土地。她为巴勒斯坦人辩护的立场立刻遭到美国多方的谴责，甚至跟她合作的朋友都公开断绝与她的关系。她被迫辞职，不得不写声明道歉，但她后来解释之所以写道歉信是不得已为之："我知道我会被开除，在这个国家，你不可能批评完以色列后还想生存下去。"2010年底， 在一次公开演讲中，她说："以我看来，毫无疑问的是，国会、白宫、好莱坞和华尔街是被犹太复国主义者控制着。”她的话再次引起巨大的争论，她对此回应说：“我就是觉得人民应该被告知是谁在控制这个国家的价值观。”

站在弱势群体的那边，站在权力的对立面，海伦·汤马斯的无惧无畏是她留给我们的遗产，即使是在美国这个民主国家，这样做也需要很大的勇气。

当代最有影响的女权主义哲学家

2005 年美国哲学家玛莎·纳斯鲍姆 (Martha Nussbaum) 接受采访时，记者这样介绍她："玛莎·纳斯鲍姆，出生于 1947 年 5 月 6 日，世界上最杰出的哲学家之一，研究方向为古典学，先后在哈佛大学、布朗大学和牛津大学任教，她是法国周刊《新观察家》认定的世界二十五位优秀思想家中唯一的一位的女性。" 2008 年著名美国记者比尔·莫耶斯（Bill Moyers）与玛莎·纳斯鲍姆会面时，莫耶斯这样介绍她："玛莎·纳斯鲍姆说话时，全世界都要倾听。"

2013 年底，玛莎·纳斯鲍姆的新书《政治激情：为什么爱对正义至关重要》出版，世界各大报纸杂志都发表文章探讨这本书对我们这个现实世界的重要性。2013 年 12 月 15 日《经济时报》这样介绍她和她的新书："玛莎·纳斯鲍姆，芝加哥大学哲学和法律学教授，可以说是世界上最伟大的哲学家之一，以其让人震惊的著作《善的脆弱性》而声名雀起。"

对世界哲学界来说，玛莎·纳斯鲍姆的名字如雷贯耳是毋庸置疑的，但对中国来说，她的名字几乎是陌生的，虽然译林出版社 2007 年出版了她的成名作的译本《善的脆弱性》、北京大学出版社 2009 年出版了她的《诗性正义：文学想象与公共生活》的译本、新华出版社 2010 年出版了《告别功利：人文教育忧思录》的译本、上海三联 2013 年出版了《培养人性：从古典学角度为通识教育改革辩护》的译本，可是中国的哲学和政治学界对纳斯鲍姆的研究基本处于零的状态。

不久前在网上看到一些男性学者宣称女人不能从事哲学，让我感触颇深：无知真的是胆大，这些哲学和政治哲学者对纳斯鲍姆的忽视，暴露了他们的无知浅薄，不知道玛莎·纳斯鲍姆作为当代西方最有影响的哲学家和政治哲学理论家的存在，居然敢宣称女人与哲学无关，可见某些学者还生活在他们想象的旧社会里，与现代世界隔绝了。

玛莎·纳斯鲍姆对西方哲学和政治哲学的贡献，几乎是全方位的。到目前为止，她已经出版了二十七本著作，在美国主要知识刊物发表过几十篇书评。每次她的书出版，都会受到知识界的关注，“玛莎·纳斯鲍姆说话时，全世界都要倾听。”她也是一个公共知识分子，在美国甚至是一位明星般的学者人物，她现年六十六岁，衣着时髦，常穿时装设计师给她特别设计的服装；身材健美，仍然参加马拉松比赛，每天锻炼一个半小时；容貌美丽，年轻的时候曾一度要当演员，甚至用法语写作话剧，还出演主角。

玛莎·纳斯鲍姆是一个古典学者，她的专业是研究柏拉图、亚里士多德等希腊和罗马古典哲学，哈佛大学博士毕业后，她留校任教，成为哈佛大学第一个获得“青年奖学金”的女性。1982 年她因没有在哈佛得到终身教职而去布朗大学教书。1986 年她的书《现在》使她拥有世界五十多所大学的荣誉博士称号，她的好几本学术著作都获得了行业内最出色图书奖。

她的早期著作把“感情（Emotion）”带进哲学思考范畴，她的研究成果和思想影响之一是感情对政治、社会、法律与思想的影响。我们的感情比如悲痛、愤怒、恐惧、爱意、羞辱、厌恶、怀疑等在我们的思考中有至关重要的作用，但以往的哲学研究往往忽视感情在这些领域中的作用，纳斯鲍姆的好几本著作都探讨感情的作用与功能，她是一个文艺复兴式的思想家，她的著作与柏拉图、亚里士多德以来的西方哲学家对话，并运用文学、历史、音乐等为例，她的书具有百科全书般的广度，也有哲学家的深度。

玛莎·纳斯鲍姆把古典哲学与当代政治、经济和人权等议题结合起来，《纽约时报》评论她说，纳斯鲍姆使古典哲学成为当代思想，特别是当代社会正义与公平理论的一部分，由于她的积极参与，她被联合国邀请，与印度经济学家阿马蒂亚·库马尔·森一起创造新的国际发展理论。他们在印度考察，结果他们一起创造了“潜能论”（Capability Approach）来衡量一个国家的发展。传统经济理论把一个国家的国民生产总值作为指标衡量该国的经济发展水平，潜能论则把该国国民的生活质量比如生命权、健康状态、政治自由和财产权等也作为衡量一个国家经济发展的指标。“潜能论”被联合国采纳，因为这个理论不是只看经济总值，而是看资源与机会的分配，看文化传统怎样成为不公平的源泉。比如，一个富有的印度女人可能比一个穷困的瑞典女人缺少“潜能”，因为印度女人生活在一个更强烈的性别主义社会里。

玛莎·纳斯鲍姆是一个女权主义哲学家，她对自己的女权主义身份非常骄傲，她的许多著作都与女性有关。她与当代女权主义哲学家对话，对身体理论家朱迪斯·巴特勒的理论进行过严肃的批判，认为巴特勒的理论误导女性，让女性与现实脱节去搞什么所谓的“颠覆”，而忽视女性面临的真正的不平等和不公正问题，比如同工不同酬问题、性骚扰问题等。她探讨欲望、性欲与社会伦理的理论，也是这个领域的必读篇目。

玛莎·纳斯鲍姆的学术研究跨几个学科，她目前在芝加哥大学教授法律与哲学，她今年教授的课程有“希腊悲剧与哲学”“南方文学与法律”“约翰·罗尔斯的政治哲学：公平理论与政治自由主义”“法律与哲学：生与死”等。从这些课程题目可以窥见纳斯鲍姆的研究范围。她对当代政治哲学，特别是社会公正、宗教平等等问题有很多重要的见解与阐述，她也是人文教育的捍卫者。2014 年夏天，牛津大学将有专门的学术研讨会，讨论她的理论与思想。目前她正在写作一本新书，关于“愤怒与宽宥”在政治生活中作用，同时她也在写作一本关于“变老”的书，她说，除了西塞罗之外，哲学家从来还没有讨论过“变老”这个议题，她将整理哲学史关于这个议题的思想，写出一本独特的书来。

【女人·爱美】

美丽在于简洁，优雅在于气质，

用服装表达对美的热爱，是人类的特权。

美国女权主义法学教授

美国“女权主义法学教授”是我经常阅读的一个博客，虽然我对法学所知甚少，但看看女权主义法学教授们讨论的问题，常常觉得很有意思，也对我很有启发。这个博客里有链接大队，可直接进入到自称是“女权主义者”的教授们的个人网站或博客里去，每个教授都必须自我认定是女权主义者，才能在这个博客有链接。

我被好奇心驱使，忍不住想数数有多少链接。不数不知道，一数高兴地吓一跳：共有 520 多位法学教授自定义为女权主义者，这里面也包括相当多的男性。女权主义者在美国的工作，很大一部分是改变法律或制定新的法律，女权主义法学教授在培养美国律师和立法工作人员中起着极为重要的作用，他们今天训练的法律工作者，明天可能会改变美国的法律和美国的未来。比如美国现任总统奥巴马和副总统拜登，这两位政治领导人都担当过法学教授，美国现在是名副其实的“教授治国”。

这让我更好奇了：美国到底有多少法学教授是女性呢？我再查资料，据2008–2009年美国法学院协会（The Association for American Law Schools）统计，美国共有199个法学院，法学院正教授共有5708位，其中女性为1706位，占29.9%；副教授有1570位，其中女性为735位，占46.8%；助理教授有1038人，女性为554位，占53.4%； 讲师231位，女性为139位， 占60.02%；教员274位，女性为182位，占66.4%。综合起来看，美国法学院教授与教员，女性占37.3%。以上统计数字也清楚地说明，职位越低，女性的比例越高，职位越高，比如正教授中，女性只占近三分之一。不过从长远看，现在的副教授会升为正教授，助理教授会升为副教授，所以女性的比例会越来越大。

2011年10月美国法学院录取协会和美国律师协会共同组织，专门调查美国有终身教职的法学教授构成，因为有终身教职的教授才会决定法学院的教学质量与发展方向。据调查报告《终身教职之后：美国有终身教职的法学教授》显示，在他们调查的美国 197 个法学院里，全职教授有 8142 位，其中有终身教职的有 4534 位，女性占 25.08–25.21%。也就是说美国的法学院里，四分之一有终身教职的法学教授是女性。

四分之一的比例远没有做到平等，但是从历史上看却是大幅度的进步。美国在 1950 年，女性法学教授几乎绝无仅有，法学院女学生都是罕见之物。现在，2009—2010 年的法学院学生中，47.2% 的学生是女性。在 199 个法学院院长中，41 位为女性。法学院里的女生越来越多，将会有越来越多的女性有法学院高级职称、越来越多的女性担任法学院院长，女性对美国未来法律的影响不可估量。

再回到我喜欢看的这个博客"女权主义法学教授"上来。500 多位自我定义为女权主义的教授们，在美国全部法学院近 9000 名教授里占 18%。"女权主义"这个称号在美国大众文化与大众媒体中，是一个相当负面的词，但是在受过高等教育的人群里，特别是在法学教授里，却是一个相当积极的自我定义，这让我非常高兴。前几天在新浪微博上，看到一些人贬斥"女权主义者”，我写微博宣称我很骄傲我是一个女权主义者。在男权社会里做一个女权主义者，就是相信每个人都不会因为性别而受到歧视或不公平的待遇，每个人应该有平等的权利与机会，女性应该跟男性一样有先天的人权。这是一个基本的常识，虽然很多“常识”在出现的时候往往会被很多人误解和反对，比如一百多年前的美国，有很多人反对解放黑奴，并为此不惜南北两方开战。

“女权主义法学教授”博客内容非常丰富，其中的栏目有八十多个，有关于女权主义与动物法、文化、经济、体育、宗教、科学、医疗等你能想象出来的一切题目的讨论，法学教授们之间对不同法律的认识常会带来新的惊喜。这个博客还对美国的法律刊物进行监督，标明每期刊物的性别构成——多少位女作者、多少文章是关于女性的，提醒读者美国法律刊物出版的性别不平等的现实，这个栏目的名称是“女人在哪里？”这样做大有裨益， 会迫使刊物编辑自觉地检讨自己的性别意识。

这个博客里每天都有对时事与人物的评价，会议信息、出版信息，甚至也有很好玩的内容，我热诚地把这个网站推荐给每一个关心美国女权主义学术和发展的人，希望大家跟我一起分享。

红色的艾玛

艾玛·古德曼（Emma Goldman，1869–1940）活着的时候，被美国政府宣布为“最危险的人”驱逐出境，并拒绝让她回国，虽然她是美国国籍。这位个子不高、声音洪亮、戴着眼镜的小女人吓坏了美国政府，迫使她在欧洲流亡，直到死后，才被允许埋葬在芝加哥，这座她热爱的城市。她长眠在美国，这个她热爱的国家。

也许这就是任何理想主义者的命运，艾玛·古德曼理想的世界是平等的，在那个世界里，每个人会有更好的生活，她也为此而奋斗。现在人们说她是“无政府主义者”，我觉得“Anarchist”根本无法描述这个激情满怀、充满梦想的女性的品格与信仰。她渴望自由，一切的自由——自由表达、自由迁徙、自由选择生活方式、自由信仰，一切自由是她的信仰。

她渴望平等——男女平等、老幼平等、种族平等、阶级平等，绝对的平等。她活着的时候，人们说她激进；她死去之后，成为美国二十世纪初最有影响的女思想家。她的思想影响了欧洲与美国，今天，当一个世纪过去了之后，我们来看她的思想，才知道她在一百年前走得多么远。

她生于如今是立陶宛的古城考纳斯，上的是德国的中学，俄语与德语就成了她的母语。十六岁她跟姐姐来到美国，在工厂里做工、学习英文，两三年后她已经开始用英文写文章、参与美国的工人阶级运动。她从此开始了政治生涯，办刊物、写文章、演讲。她成为那个时代著名的演讲家，听她演讲的人成千上万，据当时的报纸说："古德曼女士有特殊的号召力，任何听了她演讲的人没有不受到鼓舞和激励的。"她太能说了、太会说了，也太会写了，英文在她的手下，全是激情。

我就是被她文字激情吸引的一个人，就像是在阅读一首首慷慨激昂的诗，同时她的理性的力量也让我着迷。这样一个不同寻常的女人——她坚决反对婚姻，认为婚姻是人的枷锁，她一辈子没有结婚，与很多男人同居过，而爱上的男人，永远没离开过她，就是监狱里，也是在一起。可是在晚年，她相恋几十年的人却自杀了，留下了住在两个街区之外的她，就是到晚年还在坚持自己的独立。

我看艾玛的资料，原来美国政府一直搜集她的消息，截看她的信件、监督她的行踪。几年前，美国政府关于艾玛·古德曼的档案终于到年限可以公开了，让学者们吃惊的是美国政府关于艾玛·古德曼的行踪资料，甚至比艾玛自己的日记还详细。一个政府要动用怎样的手段才能对持不同政见的人监视到如此地步呢？

我变成了艾玛的崇拜者，博客的头像有一段时间，就是艾玛，我以她的头像为自己，人越老应该越激进吧，其实是希望这个社会变得更好。最近我一直在看艾玛的书，在网上查资料，偶然地发现，就在不远的地方，有一个红色艾玛书店！我惊喜极了。离我不到二十多分钟的车程，就在巴尔的摩市中心老城里，书店常常举行艾玛作品和思想讨论会。看到这个新闻——对我而言是新闻，我兴奋地对老伴说：“简直想不到！”

昨天上午我在家，突然接到电话，“我今天要跟你约会，怎么样？请你吃饭？”我大笑：“发神经了？你想去哪儿约会？”“天气这么好，我们就去红色艾玛书店怎么样？去觐见让你热血沸腾的艾玛，然后在市区找个地方吃饭？”“什么时候？”“现在啊，我正开车回家呢！”话音还没落，我已经听到他的车开过来了，便从窗子望出去。我笑着放下电话，去开门，他说：“怎么样？走吗？”

“天气真的好，出去走走也好，再说是去红色艾玛书店，我正要去朝拜呢。”说着，他在网上查地址，我换好衣服，就开车出了门。初夏是美丽的，各种花朵盛开，天气温暖，万物生长，春风吹又生的新鲜生命啊！

我说：“简直不能想象，有一天我们会不再看到这么美好的世界！”

老伴回答：“是啊，好像死亡永远都是别人的事情，我们想象不出来没有我们的世界是什么样子。”

我继续故作深沉：“我们给世界留下什么呢？还有谁会关心我们曾经存在过？有多少人会像艾玛一样留下精神遗产，让我们这些晚生的人，忍不住要寻找他们的踪迹、发现他们生命的秘密？”

老伴说："没有多少人像你一样，偏要在这个没有诗意的世界找出诗意来。与你谈话，就是掉入存在的绝壁。"

我大笑："你说的话才不通呢，存在的绝壁是什么东西？不要用萨特吓唬我！"

他也笑，笑的眼神里全是调皮："不是萨特，是卡夫卡。"

不到半个小时，我们已经在巴尔的摩市中心的高楼大厦区了。我一直喜欢这个城市，因为这里居住着我热爱的另一个女作家：安·泰勒。走在巴尔的摩的市区，我总能想起安·泰勒的描述。老伴虽然抄下了地址，却没有抄下到底是几号，用GSP导航，结果更糟，似乎来的路都错了一样。我们不得不停车、问路、停车、问路，最终开到这个安静的老街区的时候，已经快中午了。停下车，我向红色艾玛书店走去，竟会无端地激动，好像艾玛就在那个书店里的咖啡屋等着我。我穿越马路，站在书店前，向艾玛以及这个书店致敬。

艾玛的相在书店的上方，我走过去仔细看，才知道这家街角书店就要搬家了，所以今天不开门。透过尘土封住的窗子往里看，里面是美国一百年的文化氛围，古老的桌椅板凳、古老的咖啡屋，这种悠远的古老好像历史散发的沉郁。我站在书店前留影，算作对这个我敬爱的女思想家和以她的名字命名的书店致敬。

美国的掌柜人

美国参议院银行委员会通过提名珍妮特·耶伦（Janet L. Yellen）教授为美国联邦储蓄银行主席候选人的议案，这意味着她的候选资格已被通过，下一步就是被美国参议院通过，这将是毫无疑问的，也就是说，耶伦教授将成为美国历史上第一位国家钱财女总管，这位女总管将管理世界第一经济大国的金融。这个职位极其重要，因为做出的决定将影响美国和世界的经济。

舆论一致看好耶伦的任命，因为她的学术和职业生涯无可挑剔。她于1946年出生于纽约，本科、硕士都学的是经济，还获得了经济学博士学位。作为教授，她先后在加州伯克利大学、哈佛大学任教，一边教书，一边做研究，出色的学术研究与教学使她两次获得伯克利大学经济管理学院最佳教学奖。她的学术研究关注的是失业、货币政策等问题，学术和教学训练让她有把复杂的经济问题表述得浅白而直接的独特能力。在这点上，舆论一致认为很少有人可以比得上她。

除了做教授，作为经济学家，她也直接参与经济政策的制定和管理。她先后担任过美国联邦储备委员会委员、美国总统经济顾问委员会主席、旧金山市联邦储备银行行长等职位，从联邦到具体一个城市，制定金融政策、参与各种管理。现在她是联邦储备银行的副主席，从副转正，顺理成章，她的职业经验十分丰富。

重要的是，作为女性，她将树立一个新的标杆，成为第一个担任这个重要职位的女性。美国女权主义运动第二次浪潮到今天已经四十多年，这期间的直接成果就是近十年美国女性向最高领导阶层进军，美国性别平等的一个主要表现就是女性领导接管国家权力。美联储银行的工作人员已经有百分之四十多是女性，也就是说在那里工作的经济学者或经济管理专家已接近性别平等，耶伦的任命是性别平等的新里程碑，画定了女性进入国家最高领导阶层的一个新坐标。

美国舆论对耶伦的任命一致赞同，美国公共诚信中心（the Center for Public Integrity）在审核了耶伦多年来的讲话、会议稿、政府的证词和关于银行倒闭的评论后，得出的结论是：耶伦具备美国顶尖银行管理者的一切素质。她被舆论认为是自从有了联储主席这个职位以来“最合格的人选”，无论经验、资格、成就，还是个人能力无人堪比。

她是失业者的代言人，学术上关注失业，她的经济哲学思想与她对失业的研究密切相关，舆论认为她的上任将对美国调节失业与促进经济发展有很重要的作用。早在九十年代她就发表看法，认为过热的经济，特别是过低的失业率对经济发展不起积极作用，会导致通货膨胀，事实证明她的看法是正确的。

她一直是华尔街金融家圈外的人，她强调对金融的管理，而不是纵容华尔街不停地谋求暴利。美国金融危机的一个根本问题就是美国政府在九十年代放松了对华尔街的管理，她将在这方面有更强硬的政策。美国是金融资本帝国，对华尔街的管理是对金融界利益的界定，作用举足轻重，关系着世界经济发展。

更有意思的是，她对美国经济形势的预测一直很准确，早在2005年她就预测到了2008年的房产泡沫等问题。经济学家不是预言家，但是经济学家对经济形势的分析产生经济政策，据《华尔街时报》考察核实，耶伦在2009–2012年间的预测比任何人都准确，也就是说她对经济形势的分析更符合现实。

也值得一提的是她的丈夫，经济学家、教授乔治·阿克洛夫（George Akerlof），也成就斐然，是2001年诺贝尔经济学奖的获得者之一。我在阅读关于她材料的时候看到一个关于她丈夫的小故事，觉得很好玩。一次记者打电话给耶伦，问及一些经济问题，耶伦不在家，所以阿克洛夫回答了问题，回答之后，他加上这样的话："顺便说一句，我也是一个不错的经济学家啊！"站在妻子身后的诺贝尔经济学奖得主，让我们看到夫妻伴侣关系的美好。他们的儿子也是教授、经济学家，想象这个家庭晚餐桌上的谈话一定很有意思。

女教授、女经济学家成为世界金融界领导人，不是靠丈夫的关系，而是靠自己的资质和能力，靠美国社会为女性打开的大门，这是美国女权主义全面胜利的一个新成果。

铁娘子：撒切尔夫人

以“铁娘子”著称并在历史上留下了强烈印记，卖掉国有企业、大幅度私有化、解散工会、重整社会秩序的英国前首相玛格丽特·撒切尔去世了。我听到这个消息，想到的是1992年在北京，从英国来的一个教授谈到的对撒切尔夫人的看法。

记得我那时对英国或西方的政治十分模糊，所以表达了对撒切尔的仰慕，我说：“一个女人，居然能在西方世界里成为主要政治人物，这需要多大的勇气和内在的力量啊。”

我的英国朋友不这样看：“哈！撒切尔夫人是‘男孩俱乐部’里的女老师，议员们就是一群小男孩，围着她转。她用男人的方式，跟男人较量，甚至比男人还男人。出生中下层，上贵族学校，所以她非常愿意被看成是贵族，厌恶一切底层人民，结果是她的政策只对富人有利。”

我听到朋友的评论，完全愣了，仍然继续说，“女人在男人的世界里，有那么坚强的意志……她很像女人啊，衣服那么优雅……”

我的朋友说：“是啊，一个坚强的女人用男人的规则玩游戏，她就是穿得再女性气，也不代表女性或女性的胜利。”我问：“那么，什么是女性的胜利呢？”“当女人不必像男人一样，当男女差别成为男女机会均等的起点。”她答。我看着她，听不懂。

二十年过去了，我的朋友现在已经是著名的教授了，她的书也已经出版了中译本。她当时的话对我来说，是不可思议的，我不理解、也无法理解，直到我阅读了她曾阅读过的书，明白了她的出发点，也对英国的政治有一点点的了解。

撒切尔夫人是在1979年当上英国首相的，她与美国里根总统上台的政治、社会、文化背景相似，是英美保守主义对西方自由主义的胜利。撒切尔夫人不是女权主义者，甚至是南方种族隔离政策的支持者，她的上台与执政，是女权主义在英美取得社会胜利之后复杂的表达。一方面是女权主义为此铺平的道路，她冲破了为女性设定的界限，成为英国历史上第一个女首相，证明了女性可以通过竞选成为政治领导人；另一方面是承认男性规则，只有像男人的女人，才能被承认和支持。

因此撒切尔夫人与女权主义之间的关系就变得棘手而微妙。在她去世之刻，我们可以看到，无论承认与否，她都是女权主义梦想的实现者：女性冲破历史和社会的层层樊篱，参与政治、参与国家治理，她是女权主义胜利的标志。她从社会下层出身，凭着自己的努力，过人的才智，成为一个政治家，打破了英国无所不在的阶级界限。

撒切尔夫人从一个普通的姑娘成为英国最有政治权力的管理者，她的当选为所有的女性树立了榜样，包括中国女性。记得那时我还在上大学，撒切尔夫人的自传在中国翻译出版，我向室友借了书，在春天的阳光下，这本书让我浮想联翩：原来女人可以生了双胞胎之后继续上学，一边管家务、一边提高自己，准备生命的下一个目标；原来婚姻不是爱情的坟墓，而是事业的支撑点；原来女人可以打扮得很漂亮，同时很有力量。

其实，这就是撒切尔夫人对我们那一代女性的意义。可以有家庭，也可以有事业，家庭与事业不必非得对立。至于撒切尔夫人的政治立场，对那时远在中国的我来说，模糊而不重要。在社会已经发生了很大变化、撒切尔夫人离开政治舞台已经二十三年后的今天，撒切尔夫人的政治主张对我们也已经模糊，而她，作为历史人物，显出了新的意义：这个勇敢的女性，她实现了我们女性梦寐以求的理想，成为历史的一个新标杆，一个巨大的里程碑。

撒切尔夫人的“雄性女权主义”是不是丰富了女权主义？女权主义是否也可以是雄赳赳、气昂昂的，如男性一样？当然是，也当然可以！虽然撒切尔夫人自己坚决否认她是女权主义者，甚至认为女权主义是毒药，这相当具有反讽意义——人类历史上这种具有反讽的人物数不胜数，无论怎样，撒切尔夫人都是女权主义运动胜利的典范，虽然这是一个复杂的典范，但历史上有不复杂的典范吗？

以此，我向撒切尔夫人致敬，并以一个女权主义者的身份，祝她安息。

无名的忧郁

五十年前的今天（1963 年 2 月 11 日），在伦敦的一个公寓里美国诗人西尔维亚·普拉斯（Sylvia Path）开煤气自杀。自杀前的二十八天，她的小说《钟形罩》（*The Bell Jar*）刚刚出版。小说出版时，她用的是化名维克多丽亚·卢卡斯 (Victoria Lucas)，因此她自杀的时候并没有人知道这部小说与她的关系。不知道她为什么用化名，难道是因为小说的内容？小说获得的评论还不错，但书的反响并不大。

我在小说出版了三十年后的春天（1992 年），才读到这本书。这本书震撼了我，并不是因为书中的大学生活故事，美国二十世纪五十年代新英格兰某女子大学的生活与我在中国的生活太遥远，我不太理解那些生活的细节，虽然我很羡慕她们的学习、旅行和专门为找耶鲁或哈佛大学男朋友而举行的各种晚会。可是，二十世纪五十年代是我母亲年轻的时代，对任何人来说，母亲的年轻时代遥不可及，美国的五十年代我更一无所知，她们的生活在我看来奢侈得不可思议，但我被主人公对生活的观察和态度震撼了。

《钟形罩》的主人公是一个女大学生，敏感而惊恐地看待这个世界。那种几乎是被伤害的敏感与惊恐，我理解并经历着。第一次的性经验让她大出血，她不得不去医院。我为书中这个细节写评论说："这次大出血是一种象征，象征着她的天资、敏感和被世界伤害的程度。"天晓得我为什么这样写，那时我还处于满脑子浪漫主义阶段——西方浪漫主义时代相信个人的天资。我的英文老师看了我的评论，也写评论说："你是不是阅读得太过了？"记得我看到老师的评论笑了，想着我和老师思想的不同。

小说中的主人公是一位从十七岁到二十一岁的女大学生，她获得了一个杂志的写作奖，被邀请去纽约，参与杂志的编辑。小说是自传体的，与西尔维亚·普拉斯的经验相似，似乎没有什么原因促使主人公试图在急救室和电疗室自杀。故事的情节是平淡的，以我当时的英文水平理解它的语言也有点难，可是我把整部小说都读了，我惊讶地发现从一个对生活极度敏感的人的角度看世界，好像是从我自己的角度看世界。记得主人公跟未来的医生、当时的男朋友在医院参观时，她冰冷地看着钟形的玻璃瓶里用福尔马林泡着的婴儿。这就是这部小说名字所指示的：钟形的玻璃瓶里的婴儿。这是她自己的自画像。

看完这本书我接着看了普拉斯的传记，是英国女诗人安·斯蒂文森（Anne Stevenson）写的《苦涩的声誉：西尔维亚·普拉斯的一生》（*Bitter Fame: A Life of Sylvia Plath*，1989)。斯蒂文森是我非常喜爱的一位英国诗人、作家，她的文字极富表现力。我对这本传记爱不释手。我甚至觉得这本普拉斯传记写的，不是普拉斯，而是每一个试图写作的女性创作理想与现实生活的矛盾。这本传记是最早描写普拉斯的传记之一，引起西方研究者和读者的极大争论，大家热衷于讨论普拉斯与丈夫泰德·休斯的生活，于我，这本书是我理解普拉斯的第一本研究著作。

普拉斯自杀后几年之内，女权主义运动兴起。在女权主义重新审视世界的眼光里，西尔维亚·普拉斯成为女权主义文学研究的代表人物，成为男权制度对女性才华扼杀的象征。显然，普拉斯与创作《女性的奥秘》的贝里·弗里丹是同时代人，她们的经历都很相似，她们是二战后上大学的女性，但是她们所受到的教育却是毕业后应该生孩子、照顾家、成为幸福的主妇。遗憾的是，很多有大学学位却在家当主妇的女性不幸福，她们觉得被浪费了，相夫教子的中产阶级的优越生活，造成她们的忧郁和低落。弗里丹命名这种忧郁为“无名的问题”。普拉斯的死，宣布了五十年代美国接受过高等教育的白人女性悲剧的终结，也激起了五十年代毕业的女大学生们的愤怒。她们团结起来，组织小组、办杂志，成为美国女权主义第二浪潮的发起者和推动者。

普拉斯没有赶上这个浪潮，她已经走了，留下来成熟得与她的年纪不太相符二百多首的诗歌。普拉斯和她的丈夫休斯都是诗人，都是思想非常独到的原创性诗人，他们对世界的观察和表达都有自己的原创语言与角度。普拉斯生前，已经有诗名，并在 BBC 上朗诵自己的诗歌。我来美国之后不久，发现学校图书馆有一套诗人普拉斯朗诵的录像带，我借来听他的朗诵。她是中音，有着美国口音，录像带是黑白的，配着诗歌，让我好像走进了六十年代的英国伦敦。诗人泰德·休斯在普拉斯自杀后声名继续流传，成为英国桂冠诗人。

普拉斯在中国获得盛名，原因并不是她的女权主义的立场与她写的那些语言锋利和角度独特的诗歌，而是中国对自杀诗人莫名其妙的崇拜以及对诗人自杀的浪漫想象。普拉斯自杀之后，后来也自杀的女诗人安·赛克斯顿评价说："普拉斯的自杀是一个好的职业移动。"普拉斯的自杀对她的成名是不是有好处？当然有作用，不过最重要的作用是推动了美国的女权主义运动，这个运动始于女权主义文学评论。普拉斯正好在这个运动拉开序幕时自杀，为如潮的普拉斯研究打开了闸门。

1994 年我来到美国读研究生的第一个学期，选了"当代美国诗歌"这门课。课上，我们阅读普拉斯。教这个课的是一个四十多岁的女权主义文学教授，她坚持认为普拉斯是被泰德·休斯为代表的男权制度迫害而死的。我对这样的观点感到震惊，因为人是复杂的，诗歌也是复杂的，但我那时非常胆小，不敢说出自己的观点，就非常认真地阅读普拉斯。我把普拉斯这样的诗歌从头到尾都读了几遍，包括她生前出版的一本诗集"*The Colossus and Other Poems*"(1960) 和她死后泰德·休斯编辑出版的“*Ariel* ”(1965)、“*Crossing the Water* ” (1971) 和 “*Winter Trees*” (1971)，一共四本诗集。普拉斯的诗歌语言复杂，我喜欢的她的诗歌也不过二十首左右，我慢慢地读出了自己的普拉斯来。

普拉斯是一个敏感而独特的诗人，也是五十年代美国文化的产物。不理解五十年代，无法理解普拉斯。她的诗歌，很多都是她的创造力与所处环境的矛盾在她心中的折射。我喜欢她写的作为母亲的诗歌。几年前我写了纪念普拉斯儿子自杀的文字，翻译过那首她写的庆祝自己儿子诞生的著名诗歌《晨歌》。当然，人们对她对死亡着迷的诗歌更感兴趣，而我喜欢她的“蜜蜂”组诗，她把日常的生活与自然写进她诗歌里，写得朴实而尖锐。

普拉斯研究这些年在西方已经成了“显学”之一。在纪念普拉斯自杀五十周年的时刻，就有好几本普拉斯传记出版。由卡尔 · 柔力森（Carl Rollyson）所著的《美国的伊西斯：西尔维亚 · 普拉斯的生活与艺术》（*American Isis: The Life and Art of Sylvia Plath*），是根据新近开放的泰德 · 休斯的资料而写的传记，作者是纽约市立大学教授，他把普拉斯称为“伊西斯”——希腊和埃及神话中理想的母亲和妻子、自然和魔法的守护神。他为了打破“普拉斯神话”采访了很多认识普拉斯的人，试图还原普拉斯作为一个雄心勃勃的写作的女人的真相。

另一本是《疯狂的女孩子爱之歌：西尔维亚·普拉斯在泰德之前的生活》（*Mad Girl's Love Song: Sylvia Plath and Life Before Ted*，Andrew Wilson），也是根据最新开放的资料对普拉斯的研究，重点是普拉斯在到英国遇到她的丈夫之前的生活，特别是普拉斯的性生活。本书中作者称虽然生活在性压抑的五十年代，普拉斯在结婚前与很多个男人有过性关系，普拉斯是一个性欲旺盛的女人，这本书还特别讨论普拉斯第一次性经验后大出血的这件事。普拉斯二十三岁遇到泰德，泰德是一个高大的男人，有强壮的男子气概，普拉斯也是一个个子修长的女人，他们一拍即合，年龄、智力和体力都相配，一年后就结婚了。

还有一本普拉斯的传记即将出版：《痛苦、晚会、工作：西尔维亚·普拉斯在 1953 年夏天的纽约》（*Pain, Parties, Work: Sylvia Plath in New York, Summer*，1953），以普拉斯在《小姐》杂志工作的那个夏天为契机，探讨普拉斯的生活与写作的关系。去年出版的《普拉斯的诗歌艺术：主题与技术批评性研究》（*The*

Poetic Art of Sylvia Plath: A Critical Study of themes and Techniques，Raihan Raze ）是我比较喜欢的一本研究性书籍，值得喜欢普拉斯诗歌的读者认真阅读。

最近这几年，普拉斯的日记、信件等都在出版。资料越来越多了，新的资料是否让我们读懂了诗人？我不知道。看看网上到处都是的普拉斯的照片，记得我多年前阅读普拉斯第一本传记时对她的照片的着迷。我后来给普拉斯就读的斯密斯学院写信，购买了普拉斯作品手稿的影印件，这些影印件随着我在美国搬来搬去。这几天整理我的书，我再次发现了这些手稿的影印件，想起多年前我曾想写普拉斯的诗歌阅读笔记，这些阅读笔记还没写，我该写吗？人们似乎对普拉斯的诗歌不如对她的私生活更感兴趣。

想到如果普拉斯还活着，她今年不过是八十一岁，美国人似乎都寿命长，八十一岁的老人真不算老，想不出一个八十多岁的普拉斯会写出怎样的诗歌来。普拉斯的儿子几年前也自杀了，自杀的手似乎是遗传的，我猜。

自由的女儿们

1963年8月28日，美国首都骄阳似火，25万人在华盛顿草坪广场举行大会，要求给予美国黑人更多的基本公民权利。在这个大会上，马丁·路德·金发表了著名的演讲《我有一个梦想》，他大声地宣告："100年前，一位伟大的美国人签署了《解放黑奴宣言》……然而100年后的今天，我们必须正视黑人还没有得到自由这一悲惨的事实。100年后的今天，在种族隔离的镣铐和种族歧视的枷锁下，黑人的生活备受压榨。100年后的今天，黑人仍生活在物质充裕的海洋中一个穷困的孤岛上。100年后的今天，黑人仍然蜷缩在美国社会的角落里，并且意识到自己是故土家园中的流亡者。"

二十世纪五六十年代风起云涌的美国“民权运动”即美国黑人争取平等权利的运动是二十世纪美国历史上最重要的政治运动之一，直接引发了美国女权主义运动第二浪潮。这两个运动是美国今天政治、文化现实的思想基础，不了解民权运动，就无法理解今天的美国。

五十年过去了。这个星期，美国各地都在举行各种各样的庆祝与反思活动，回顾美国民权运动。我也参与了庆祝与反思的活动，8 月 28 日我带着学生来到马丁·路德·金档案馆，聆听当年参加这场集会的人的回顾演讲，观看历史资料照片。演讲的人中有位七十多岁的女性，她谈到民权运动中的女性，谈到那天美国的民权运动始于一个小小的故事：四十二岁的黑人女性罗莎·帕克斯拒绝在公共汽车上给一个白人让座。她说：“没有女性，就没有民权运动。”

罗莎·帕克斯下班后坐公共汽车回家，根据当时的法律，黑人与白人在汽车上是分开的，当时有两个白人站着，白人司机要求她和另外三个人站起来给白人让座。其他三个人站起来让了座位，罗莎没有站。司机说，“要是你不让座，我就要警察逮捕你。”罗莎看着司机，“逮捕就逮捕吧。”果然，警察来了，罗莎被逮捕。第二天开始，组织起来的黑人拒绝乘公共汽车，以表示对罗莎的支持，美国民权运动由此开始。罗莎拒绝让座的那天是1955年12月1日。

罗莎·帕克斯已经成为美国人民争取公正与自由的象征。她被誉为“自由运动之母”，她的生日与让座事件的日子被命名为“罗莎日”，成为公众纪念日。多年后她回顾那天的事件说，“有人说我是累了，所以我没有让座；有人说我是老了，所以我没有让座。其实那天我既不特别累，也不老，我只是厌倦了让步。”

“厌倦了让步”是争取自由公正的第一步，不公正的存在始于我们对不公正的忍受与让步。罗莎·帕克斯厌倦了，一个普通的黑人妇女，厌倦了不公正，她沉默地申述着自己的权利。她的身影从此成为旗帜。

在美国民权运动里，有无数的女性做着各种各样的工作，没有她们，就不会有民权运动。记者林·奥尔森的书《自由的女儿们：1830–1970年没有被赞美的民权运动的女英雄们》生动地讲述了美国黑人女性在争取自己的人身自由、政治权利、平等权利过程中的故事，探讨她们的作用与贡献。

黑人女性范尼·卢·汉莫是家中二十个孩子中最小的一个，她从小就在种植园里干活，十三岁时，一天就要摘二三百磅棉花。她没有受过什么教育，1961年未经她同意，白人医生给她做了绝育。1962年她去听民权运动的会议，受到鼓舞，从此加入运动，成为一个出色的组织者。她创建了美国民主党中的一个小党派“自由民主党”，以此跟密西西比州民主党中全是男性的状态抗衡，在1964年的民主党大会上，大会只给她的这个小党两个位子，她拒绝坐下，站起来问大会：“如果不给自由民主党足够的座位，我要问问美国，这是美利坚吗？是自由的土地和勇敢者的家园吗？”她坚持民权运动中的女性的立场，成为民权运动的另一个标志。

正是这些女性，她们既是民权运动的基本力量，也是组织者，更是新观念的推动者。此刻在我们纪念马丁·路德·金的讲话的时刻，很多资料照片让我们回顾美国人民争取公正与自由的历史，不能忘记的是女性的作用：正是女性点燃了民权运动的火炬，正是成千上万的黑人女性走在我们的前面，为人类的平等与自由斗争。作为有色人种女性，我很骄傲，我与这个光荣的传统相连。

与哈丽特不期而遇

哈丽特·比切·斯托夫人（Harriet Beecher Stowe）是美国著名的女作家。据说当年林肯总统握住她的手说，“你就是那个写书酿成这场大战（美国南北战争）的小女人吗？”我不知道这是不是一个真实的故事。我在中国的时候就翻看过中文版《汤姆叔叔的小屋》，以为是一本儿童文学书，没有认真地看完。后来我写博士论文，看到学者夏晓红的文章，讨论斯托夫人这个形象在中国现代化中的作用，才对这个作家在中国的影响有些了解。原来二十世纪初梁启超等都是斯托夫人的狂热吹捧者，斯托夫人被梁启超推崇为外国女豪杰，因为斯托夫人对改变黑奴的命运起到了至关重要的作用。梁启超号召中国妇女人人都做“斯托夫人”，成为争取祖国独立富强的新女豪杰。二十世纪初，斯托夫人在中国的名气如日中天。

但是斯托夫人，还是离我甚远，远得我毫无概念。因为我生长在二十世纪的下半叶，斯托夫人的书从来没有成为过我的必读书。那时又在忽视儿童文学的时代，似乎任何与儿童有关的东西，都是我们这个时代的知识分子们不太读的。《汤姆叔叔的小屋》听起来都像儿童文学，我于是就远离了斯托夫人这个名字。

然而在布朗斯维克，我与斯托夫人不期而遇。她的全名是哈丽特·比切·斯托，如果以英文的习惯，她可以被叫做哈丽特。布朗斯维克是缅因州的一个小镇，位于波特兰北二十多英里的地方。宝盾学院，美国最好的文理学院之一。2001 年秋我到这里教书，就在这个小镇上与哈丽特不期而遇，后来沉浸在她的文字中，追随着她的故事。现在在美国有哈丽特·比切·斯托研究会，有专门的杂志出版关于她的研究成果，每年都有专门的会议讨论她的著作，她的作品是美国中学的必读书目。哈丽特·比切·斯托是改变了美国的一个女性，美国人以各种方式表达对她的尊敬和热爱。

布朗思维克这个小镇，从美国历史的角度看十

【女人·母亲】

我们常觉得自己比母亲那一代更勇敢，

更懂得现代，更知道怎么生活，

可没有一代一代勇敢的、争取独立的、不完美母亲，

怎么能有我们？

我母亲常说："事儿都是做出来的。"

她还说："人老了都像自己的妈。"

你也是。

分古老。该镇的中心是一座教堂，建于1717年，在美国建国之前。那时候这里还是英国的殖民地，殖民地的规则是没有教堂不构成村庄。所以最早的殖民者们就在这里建立了这座教堂，从而形成了这个小镇。2001年秋我穿过整个美洲大陆，从西到东，开车来到布朗思维克，对新英格兰的一切都感到很新奇。新英格兰，顾名思义，就是英格兰在新世界的翻版，所以布朗思维克到处都能感到英格兰的气息，与我生活了七年的西海岸俄勒冈州风土人情很不一样。

宝盾学院古典、美丽、十分迷人，建于1794年，至今已有二百多年的历史。我到达的儿大之后，学校举行开学典礼， 同时举行第十四任校长就职典礼。一个有着二百多年历史的学校只有十四任校长，美国教育内在的历史沿袭是外边的人不能看出来的。这样一个历史性的事件在小镇上的中心教堂内举行，宗教与教育、历史与现在，汇集在一起，当我在走向这个教堂的时候并不知道教堂的意义。

我随着其他的教授一起鱼贯而入，我被领位员带到一排木凳前，在木制的板凳上坐下。那些木制板凳显然还是三百年前的模样。在美国这个历史短促的国家，你却能时时刻刻感到历史的存在。我坐下之后左右环看，一下子被那种质朴的美丽惊呆了。整个教堂都是木质的结构，看起来庄严、肃穆、神圣，有一种特殊的、质朴的历史感。我好像走进了三百年前这座教堂完工时的典礼。

我愣愣地坐在那里，从高处的窗子里流泻出来的天光，让我觉得神明好像真的住在天空中。我低头的时候，突然看到我坐的位子上有一个黄铜的牌子，牌子上写着，“1850 到 1852 年，哈丽特・比切・斯托夫人每个星期坐在这个位子上。就是在这个位子上，她心中看见了一个黑奴的死，从而创作了改变了美国的小说《汤姆叔叔的小屋》。”看着这个牌子，我浑身打起了激灵，我没有想到我就坐在她的位子上。一瞬间我感到她就坐在这里，好像她的灵魂进入了我的身体。我身体突然绷直了，整整一个半小时的仪式我一动不动，好像如果一动，她的灵魂就可以从我的身体中走出。冥冥中是什么力量引导我来到这里，又坐在这里？我泪水盈盈，一时什么都看不清。

从教堂里出来我直接走到学校图书馆。我借出了《汤姆叔叔的小屋》这本书，回到我的公寓。沏了一杯茶，躺在床上看这本书，一直看到第二天黎明。我把书放下，走到厨房再去烧热水，做我早晨的咖啡。

从我的百叶窗往外看，是小镇的主要街道，三百年没有变过样子，树木、草地、渐亮的街道。

这是一本充满同情、爱意、善良与正义的书，是一本只有美丽的女人才能写出来的敏感和诗意的书。它是当时风靡了全美国的畅销书，是一个小女人写的关于阶级、种族和性别不平等的书。那些没有看过这本书的英文的人，就无法感知那诗意的激情盎然与美丽动人。我突然意识到，在中国的译本中题目可能都是错的。

从我窗子可以看得到那个教堂，我凝视着它。人生神秘，是什么样的神灵引领我们相遇？我握住自己的手，闭上眼睛，好像听到哈丽特的喃喃自语。那个秋天，因为散步，我几乎每天都沿着哈丽特走过的街道，走向她的房子，或者再绕一圈到她的好朋友张伯伦将军的房子前走走，我的房子与张伯伦将军的房子只隔着一幢房子。

哈丽特的房子还原封不动地存在着，已经成为一个餐馆。我和丈夫、他的妹妹和妹夫专门来这里吃饭，怀念过去的岁月。2003 年我离开布朗思维克的时候，这座房屋被宝盾大学买下，准备做将来的学校旅馆用。就是在那个秋天里我几乎每天都在哈丽特的房子前停留十几秒钟，拜访她，向她致意，我执拗地相信她的灵魂还在那里，执拗地感觉到她还存在在那里。一百五十年后一个中国女人日日拜访却不打扰她，我相信哈丽特会高兴。

我与她不期而遇，从此以她为自己的精神祖母。

第四辑

女人的灿烂

年轻的女人，不年轻的女人

我的一个老外朋友在美国退休后去中国教英文，经我妹妹介绍，认识了一个跟他年龄相当的中国女性，也就是说也五十多岁了。他们相处有一段时间了。夏天回中国，我们三个人见面。他对我说："我很喜欢她。可是她总是开玩笑或严肃地认为我将来会找一个年轻的女人为伴，还常常对我说，你去找让你幸福的人玩吧。我完全不理解她在说什么，我以为我们使对方幸福，可是她似乎不这么认为。她总是要替我想，她认为我喜欢年轻的女人。我的确喜欢年轻的女人，那不过是成熟的男人对年轻的女人的欣赏，并不意味着我要爱她们不可，更不意味着我要跟她们做爱。我已经五十多岁了，没有愿望去教导一个年轻的女人长大。我要的是一个长大的、跟我年纪相仿的女人；我要的是一个也有生活阅历、懂得人生的、不年轻的女人。可是为什么她不理解这点呢？”

我对我的老朋友说：“哦，这是文化的区别，你们两个有不同的文化背景。中国人大多相信女人五十岁以后就不可能有幸福和性福了。她是用中国的文化思维在揣测你，她大概也有试探的意思，看你到底是怎么想的。她以为你跟很多中国男人一样呢。”

我的老朋友很沮丧：“可我不是中国男人。难道中国男人都只爱年轻女人吗？他们不爱一个女人的成熟、阅历、宽阔、善良吗？再说，我觉得女人什么年龄都很美，特别是成熟的女人，她们懂得生活，也渴望浪漫。”

我不说话，不知道怎么回答他，我觉得只有中国男人才能回答他。因为作为女人，我觉得很多成熟的女人很美，我也同意他认为女人都渴望浪漫的观点。

这个中国女性，我见到的时候，就觉得她非常美。她身材挺拔，因为过去练过芭蕾舞，皮肤光滑美丽，眼睛炯炯有神。她整个人都透出健康，真、善、美。她离过婚，原来的丈夫跟她在同一所大学的同一个系里工作，结果，如陈词滥调似的，这位大学男教授找了自己年轻的女学生。现在她带着八十多岁的母亲和刚刚大学毕业的女儿，祖孙三代一起过，明年就要退休了。

我猜就是这种经历让她不相信一个外国男人可以好好爱她。她好像潜意识地要破坏这个关系，她也对我说："我猜他将来会再找一个年轻的女人。他一定喜欢年轻的女人。我只是一个驿站。"听她说这个话，我愣了，差点想打她一巴掌，让她清醒。我说："他找到你，是他的福分，我看他是真心诚意的。我跟外国人交往多年，我知道男人喜欢你就是喜欢你，他不会假装喜欢你，这些事情是装不了的。我们中国人喜欢试探，但很多外国人不玩这个游戏，喜欢就是喜欢。他已经不是玩的年龄了，他要安顿下来了。你不能这样替他感觉。爱情不需要谦虚或自卑，爱情需要诚恳、诚实。你要是真喜欢他，就试着发展关系，要是不喜欢他，就算一次经历。"

我不知道她是不是听进了我的意见。我真希望她幸福，希望她获得她渴望的爱情。可是爱不是玩猜谜或所谓的替对方着想，爱是诚恳和诚实地建立一种互相帮助的生命伴侣关系。

我是到了知天命的年龄却不知老之将至。我想任何一个我这个年龄的女人可能内心里都仍觉得自己年轻，甚至都渴望爱情，渴望爱人臂膀的围拢和拥抱。可是在中国，你必须装得你服老了，装得你真的老了，装得你对幸福和性福都不感兴趣了。在美国我不觉得这个问题如此严重，因为男人不是趋之若鹜地找年轻女人。在美国什么年龄的男人和女人都觉得自己有幸福的权利，也有追求幸福的权利，就是八九十岁也不例外。

中国文化忽视中年女人的幸福权利。在传统男权文化的鼓励下，一部分男人就把持不住了，因为很多年轻女人为了利益也很愿意插入中年男人的生活。这样的关系是彼此利益的交换，一个要身体，一个要地位和金钱，本也无可厚非，但是这样的社会现象让女人个个焦虑。年轻的女人焦虑自己将来老了，就不值钱了；中年的女人焦虑自己已经老了，不值钱了；年老的女人干脆就死心了。一半中国人活得如此焦虑，这个社会如何健康呢？

我的老外朋友对我说：“我觉得她和我年龄正合适，因为我们都有差不多的人生经验，有很多共识。至于外表，她在变老，我也在变老。我们一起变老，会多么好啊！”

宽容与爱

我的好朋友 Z 曾是我上司的时候，据他自己说脾气暴躁，但跟他一起工作多年，他一次火都没冲我发过。他脾气急，我了解，我也是一个快言快语的人，做事麻利，所以我们很合得来。后来我离开他的办公室，到中国社会科学院外文所工作，我们仍然常常见面，继续我们的友谊。后来我出国了，很长时间没联系。他五十岁那天，我突然想到他，楞是在网上找到他的地址，给他写了信。他回信说，“五十岁这天，看到你的信，我高兴死了。”两个脾气相合的人，二十年来，就是因为相同急脾气而成为挚交。

多年过去，他竟成了什么大领导。2001 年他带领中国政府代表团访问美国农业部，我和老伴专门到波特兰陪同他们。他会见美国的记者时，我看到他举止从容，对答如流，我没有一点“官架子”，我很感动，也很为他骄傲。会见结束后我赞美他，他回答我，“小沈，自从我五十岁以来，最大的变化就是我突然什么都不着急了。我突然意识到这个世界上没有一件事是非做不可的，没有一个人是不可缺少的。我一下子慢下来了。”我看着他，有点不相信。他说，“五十岁对我很重要，五十岁是一个分水岭。”我听他继续说，“到了五十岁，我意识到没有不可宽容的事情和人。我突然觉得人生很可怜，我们只能宽容和悲悯，于是我再也不对任何人发火了。”

Z 的话深深地印在我的心里。我今年也要五十岁了，虽然此刻我还没有感到五十岁那天我是否就会改头换面地变得更宽容和悲悯，但是人到中年，我的确觉得生命开始走倒计时了，人要更善良，对人要更宽容，对世界要更有爱，要有更多的朋友。我的理论是，希望参加我葬礼的人越多越好，希望出席我葬礼的人为失去我而真正地痛哭。每当我有了新的朋友，总在家里喋喋不休地告诉老伴，老伴常常打趣我，“怎么，又有了要参加你葬礼的朋友了？”听他逗趣的话，我却认真点头。

人生短暂，越活越短，我没有时间与世界生气，只有足够的时间来爱，只有足够的时间被爱，我们怎能不更加地善良、不更多地帮助别人也爱护自己呢？我爱我的家人，我的朋友，我的同事。我爱我前夫现在的孩子，如同爱我自己的孩子；我爱前夫现在的妻子，如同爱我最好的朋友。我每年去中国都给前夫现在的妻子和孩子带礼物。去年夏天在北京，前夫现在的妻子打电话请我吃饭。我们这几个生活如此纠缠的人在一起喝酒，我们的孩子欢乐地跑来跑去，庆幸我们三个人的人生如此美好。第二天，我在西单的蜀江饭店请我老伴的前妻和女儿吃饭。老伴的前妻来到中国看望在中国工作的女儿。我们一起聊天，谈论中国和美国。我回到家，我母亲说，“没见过你这样的人，跟前夫的现妻和现夫的前妻搅在一起，天天吃饭喝酒，从不见你嫉妒过。”我说，“妈妈，我干嘛要嫉妒？人的心是宽阔的。爱比世界上的任何东西都伟大。”母亲回答，“你大概有点二百五。”我大笑。想了想，做一个没心没肺的二百五，日子会好过一点，还是做下去吧。

生活中有些人是提倡不宽容的，凡事喜欢较真、喜欢争吵，对别人什么都不满意。这样的人背负着不宽容的沉重包袱，在生活中很难得到快乐，甚至把自身的健康都影响了。我觉得宽容别人就是宽容自己。一个人活到五十岁，用孔子的话说也到了知天命的年龄了，还有什么过不去的呢？我虽然还不知道我的天命，但是我知道我是一个需要别人宽容的人，因为做事脾气急、性子快，常常爱过早做出判断，因此常常判断出错。昨天老伴还在说我，“你这个伊丽莎白，能不能不早早做判断？”他管我叫伊丽莎白，是因为《傲慢与偏见》里的主人公叫伊丽莎白。他总是说我和这个主人公太相像，说出的话比脑子走得快。我只好怏怏不语，因为他说得对。

今年就要五十岁了，不禁在想五十岁了，人到中年的顶点了，中年的意义到底是什么？

年龄的力量

二十世纪法国最出色的女哲学家波芙娃的自传《年龄的力量》对我有很深的影响。二十多岁时我们是感觉不到年龄的力量的。那时，年龄是一个未知数，我们不知道年龄有什么意义和影响。我二十多岁时从来没想到过我活到五十岁时会是什么样。记得我生孩子的时候，那时我不到二十六岁。我想，如果我的孩子二十六岁时，我会是什么样呢？、我想不出来。如今我很快就会五十岁了，离五十二岁并不遥远了。我的儿子不久前问我，“妈妈，你现在的生活与你二十多岁时设想的有什么不同？”我想了想，说，“妈妈年轻时不知道年龄是怎么回事。现在我懂得年龄的力量。”

到了中年，特别是四十岁之后，我开始获得了一种过去没有的信心，那就是对自己能力的肯定，包括对人和世界的判断力。比如，从十几岁时起，我就知道我这一生会以写字为生，而且知道自己的文字有独特的光泽，但是我从来都没有信心，没有足够的勇气承认这是我的能力和我的梦想。我和我的第一个丈夫，共同分享的就是对文字的热爱。他也是一个有独特文风的写作者，常常对我的文字风格给予肯定，“你的文字很自然，天然得好像地下水自己源源不断地冒出来；你的文字有一种幽默感，好像不是女人所写的。”就是这种充满性别偏见的肯定，对我都是很大的鼓励，就因为这样的理解，与他共同生活了十六年。十六年的婚姻让我懂得，人得为自己而活，不能为别人而活。第二次婚姻，我对将要作我的丈夫的人只有一条要求，“我们必须是自己生活的中心。你是你的中心，我是我的中心。”他仔细琢磨我的话，想明白我到底说的是什么。他答应了，但是我猜他并没有真正明白。结了婚后，我要为自己的前途到别的地方去教书，我们分居在美国东西两海岸。他信守诺言，支持我以自己为中心。我也说到做到，我是我的中心。年龄告诉我，无论怎样爱另外的人，都不能放弃我自己对生活的梦想。一个没有自我的人，其实就是无足轻重的。

以前家里常常是“往来无白丁”，人人似乎都是诗人、作家、艺术家，我对所有这些人都仰慕得不得了，常常觉得自己说话都没有底气，担心自己水平不高，怕他们笑话。这些诗人、作家、艺术家，也个个才华横溢，天马行空，没有下到凡世听我说话。我学会了缄默，学会了做很多的饭来招待客人，却没有学会发言。直到今天，我在人多的场合还是不太多说话。但是我却学会了通过一个人的行为举止、服装穿戴、吃饭说话的方式看一个人的品质，看一个人怎样对待他人和自己。四十多年看书看人，我走进教室和我的学生谈话，几分钟后我就能知道哪个学生是用功的、哪个是聪明的、哪个是狡猾的，好像自己都成了相面先生。这种分析相面能力是多年生活和观察积累给予的。年龄给了我们观察世界的角度和深度，年龄给了我们分析人的经验和眼光。人到中年，如果还没有自己独特的眼光看世界，大概也只能像德国诗人里尔克说得那样，“如果你此时孤独，就永远孤独吧。”

年龄的力量使我知道自己是何等的微不足道。我的存在、我的生命，除了对我自己之外，对这个世界并没有什么太大意义。我喜欢写作，但是写作本身的目的不是要名扬天下或名流千古之类的。写作是自己生存的方式，因为对世界好奇，忍不住记录自己的思绪。把自己写的东西发表出来或放在网上等等，目的也只有一个，在这个茫茫的世界里寻求几个同声相应的朋友。而在根本上，自己的生命和写作并没有任何重要性。我深深地理解为什么卡夫卡死前要求把自己的作品全部都烧掉，因为卡夫卡没有把自己当一回事。我对那些总觉得自己为历史和未来生活而写作的人感到不解，只有黄毛小儿才对未来充满幻想。有的人总觉得要对历史负责，好像他们是自我委任的太史公。也不想想在我们之前的两三千年的历史里，一定有很多人曾经坚定地相信未来，可是他们现在在哪里呢？年龄告诉我，千万别把自己太当一回事，无论干什么。就是在这点上，我非常欣赏中国作家王朔。有人认为王朔反知识分子等等，这些骂王朔的人要是有百分之一王朔的觉悟，可能还真能写出点与这个时代有关的东西来。

年龄的力量使我刻骨铭心地感到没有未来，只有今天。今天我有很多事情要做，要打电话，还要到森林里散步。今天我思考，故我存在。今天我存在，故我思考和写字。生命只有今天，明天未必到来。

死亡不用敲门

帕兹是我照顾的老人鲍伯的大女儿。那时我在俄勒冈大学读研究生，孩子跟我在一起，身处异国他乡的我们没有钱。为了生存，我带着儿子搬到鲍伯的家照顾他，不仅可以免费住，还有工资。因此我与帕兹成了很熟的人。

帕兹住得不远，天天都过来。她是一个理发师，就在雨津市中心的一家美容店里工作。那时她四十七八岁，离婚了，一个人过，有一个男朋友，但是男朋友并不跟她一起过日子。她还有一个儿子，却是一个不成器的家伙，中学没上完就当兵了，当兵期间居然和一个越南女孩结了婚，生了孩子。两年兵役结束，他离了婚，身无分文，写信给帕兹要钱买机票回家。帕兹天天跟我说家常，我对她的生活了如指掌。我们相互往来，成了好朋友。

帕兹谈不上漂亮惊人，但是她瘦瘦的，一双大眼睛很传神。她是美容师，自然把自己从头到脚都修理得很恰当。所以帕兹总是一副漂亮的模样。我不太喜欢她的衣服，因为她的服装的颜色款式总是透出低俗的品味，我觉得过于花哨。但是这本来也没有关系，我们在品味上不一样，可能因为我是中国学生同时也是老师，她是美国普通妇女。而且我们的年龄有八九岁之差，品味自然不同。

我学开车的时候，要帕兹陪我练车。在车上她比我还不冷静。我开车有一点摇晃，她都大叫。我说，“帕兹，别那么女人气！”帕兹大喊大叫，“我就是女人，我没有办法。”但是帕兹还是陪着我练，直到我考了驾照。

过年过节我们都在鲍伯家过。帕兹兄弟姐妹共五人，她是老大。大弟在邮局工作；妹妹二十多年前嫁给一个中国丈夫，在丈夫的商店里工作；二弟也为中国姐夫工作；三弟我只见过一面，不知道是干什么的。过节的时候这么多家庭大人孩子都在一起，我们谈笑、玩游戏，他们把我和孩子看成是一家人，使我对美国人的家庭和生活方式有很切身的了解。我虽然从没把自己看成是他们家人，但是我把帕兹看成是一个姐姐，跟帕兹谈很多私人的问题。

一次我路过帕兹家，就顺便进去看看她在做什么。原来她一个人坐在起居室里吸烟。帕兹的房子很大，三个卧室、起居室、饭厅等等一应俱全。里面的装饰是七十年代的风格，连颜色都好像凝固在七十年代的黄和绿上了。我进去看，香烟袅袅，帕兹坐在深褐色的沙发里吸烟，整个人都模糊在烟雾中了，我突然意识到帕兹的孤独。儿子在东部，并不与她联系；前夫早就再结婚了，帕兹还是用他的姓，因为帕兹其实还是喜欢前夫的，谈起前夫，她有很多话说。她的男朋友是一个刚从监狱里出来的人，犯了什么罪，我也不清楚。我陪她坐下，坐在她对面一个磨破了的沙发里。看到她的伤感，我说，“干嘛不叫你的男朋友搬进来住，这里地方也大。”帕兹摇头，“他不把自己的屎清干净，我才不让他来住呢。”

1997年秋，帕兹的儿子在母亲给买了机票后从军队复员回来了，在一个商店里工作。看得出来，儿子回来了帕兹很高兴。可是这个儿子天天找她要钱，让帕兹很生气，忍不住跟我叨唠。我因此对帕兹的儿子印象更坏，觉得他行为举止都不像一个好青年，其实他那时也就二十一二岁。在她儿子的鼓动下，帕兹天天买彩票，希望一夜暴富。她的家没有有线电视，所以每天晚上她和她的儿子都过来，看我们的电视，等摇彩的结果。他们天天都失望而归，然后鼓励彼此明天再买。我看他们走出房子，那种失望的神情，常常为他们感到伤心。我一生，没买过一次彩票，就与看他们的身影有关。

鲍伯年纪渐老，于1998年初被送到老人院去了。我没有了工作，带着儿子搬回学生公寓。鲍伯同年四月去世。我去了葬礼，见到他们一家人，和帕兹说好要一起去吃午饭什么的。说是说，却没有做到。我教书读书带孩子，忙得团团转，还在为钱着急，如果没有钱，要怎么带孩子在这个国家生活下去呢。于是我忙于申请工作，顾不上跟帕兹联系太多。那年夏天我教了一夏天的书，为了生活，紧接着去中国工作。生活匆匆忙忙的，帕兹和我偶尔打电话，一聊就聊半天。我听帕兹所说，知道她的儿子还是不成器，因为买大麻被警察抓走了，又放回来了等等。

帕兹五十岁生日，跟她的好朋友莎柔和莎柔的丈夫去野营，帕兹高兴得不得了。帕兹喜欢打猎，跟前夫在一起时常去打猎，所以野营让帕兹有重温旧梦的感觉，一说起打猎，帕兹就不知道怎么停，可以想象到她在电话那边眉飞色舞的样子。我说，“帕兹我们吃饭庆祝你的生日吧。”我们终于说好了，等我从休斯顿看望父母回来，我们就吃饭庆祝她的生日。那年夏天，父母在美国的妹妹家住，我教了一夏天的书，放了假就带着孩子飞到休斯顿看父母。就在我到休斯顿的第二天，突然接到帕兹弟媳珊瑞的电话，电话里珊瑞说，“睿，我打电话给你，告诉你昨夜帕兹走了。”“什么？”我大声地尖叫，不是不明白走了是什么意思，是不相信帕兹走了。

帕兹就这么走了，刚刚过五十岁生日。平时她身体很好，没病没灾。那个晚上她突然心脏病发作，因为是独处，夜里没有人在身边，她似乎挣扎着要从卧室里走出来，摔倒在门口，就再没爬起来。第二天她没有上班。第三天还没有上班，也没有电话。莎柔后来到她家去，发现帕兹已经死了。

五十岁意味着死亡不用敲门，随时可能进来。

人到中年之感情

人到中年，感情也破裂了几次，心也碎过几次，婚也结了几次，可还坚持认为人生最美丽的还是陷入两情相悦的浪漫感情之中。想起歌德在八十岁还陷入爱情，难怪他能写出《少年维特之烦恼》和《浮士德》。没能疯狂地爱过的人，写不出维特；没能从爱中冷静地觉悟出人生的人，写不出《浮士德》的最后一章。

人到中年，我明白人是可以一爱再爱、一恋再恋的。二十岁左右的时候，以为自己一生只会爱一次，以为自己的爱有多么伟大，在恋爱中遇到问题还威胁要结束生命。想象自己是什么纯情小说中的浪漫主人公，想象自己穿着蓝裙子白上衣，一副纯情的样子，站在悬崖上，要为爱而死，自己爱上了自己想象的形象。如今想起来，自己都脸红，不仅是为青春脸红，也是为自己想象的自我形象脸红。

昆德拉在他最近的一本小说《无知》中写了这样一个女学生，她为爱情要自杀。倒不是她怎样爱那个男孩子，而是那个男孩子提出无理要求，不让她去一个学习营，否则就跟她断交。她把这个男孩子的无理要求当成爱的绝望来理解，以为自己也得将心比心地报答，就在学习营地上找机会自杀，把自杀想得轰轰烈烈，好像自己是一个英雄。结果自杀的过程毫不英雄，她最终也没有自杀成功，却因为天气太冷，冻掉了两只耳朵，而且一生再也没有与任何男人交往。因为她没有耳朵，再也没有信心了。对昆德拉来说，年轻时代是诗歌的时代，而诗歌，昆德拉根本就不屑一顾，看看《生活在别处》就知道昆德拉对诗歌的态度了。昆德拉给这个女孩子嘲讽的同情。我看了，哑然失笑，同时内心却极为沉重、羞愧，好像重温自己的少年。

人到中年，回顾人生，想来想去那些值得回味的、闪光的时刻都是感情的经历。事业、学位、官衔和财产，与刻骨铭心的情感经历相比，都黯然失色。

对我来说，生命因为有这些感情而有了路标，有了里程碑，有了对人生的更深切的理解，有了对人的苦难和泪水的悲悯，因为自己曾经经历过感情上的沧海桑田。聂鲁达在自己获得诺贝尔文学奖的授奖会上，以这样的标题来表达自己对文学和生活的理解：《我承认，我历尽沧桑》。我非常喜欢这样对感情的描述。如果一个人说“我承认，我事业成功，我腰缠万贯”，这种话中透出的禄蠹气，真让人感到腌脏。我是贾宝玉的恋人之一，听别人在餐桌上赞美某某人新提了官，到京城上任去了，或某某人把持着中国某某行业，就好像贾雨村坐在我身边。听着听着我就想，要是去跟蒋玉菡换腰带汗巾子，那种情调该多么浪漫？

人到中年，明白自己天生是个女人，眼睛里除了感情外，看不见别的。别的，对我也没有意义。曾经有过一个男朋友，是个百万富翁，开着最豪华的宝马车，我跟他出去多少次竟都没有注意到。现在的好朋友，天天着迷要买梅赛德斯奔驰车，并好像炫耀似的跟我说，“我买来车后，你将是第一个坐我车的人。”我听了毫不感动，没有感觉，抬眼看看他，说，“我根本不在乎你开的什么车。”他睁大眼瞪看着我，叹气、再叹气。

那天我坐在楼梯上，他走过来坐在我的身边。我看着脚下的楼梯，这个房子就像一个城堡，一走进门，就盘旋上楼。我看着旋转楼梯往下延伸，看着好像悬崖似的墙壁。我说，“我感觉自己好像站在悬崖上不知不觉地就掉下去了。我总是害怕没有人接住我，我怕我摔得粉碎，我希望我没有掉下去。可是我无法控制。”他没有说话，只是把我的手放在他的手里。第二天早上醒来，他的第一句话就是，“我在悬崖边放了很多网，你掉不下去了，你别害怕。”我刚醒不知道他在说什么，躺在那里想了半天，才明白。我也没有说话，想象那些围在我掉下的悬崖四周的网。我把头靠在他的肩上，我们的年龄加在一起正好是一百岁。他常说，“我们已经一百岁了。一百岁，我们历尽沧桑。生命无常，让我们珍惜现在。”

昆德拉的另一本小说《身份》写的就是中年人的爱情。女主人公尚塔尔正进入更年期，常常发汗，发潮红等等。她与自己的伴侣约好到海边度几天假，她先到达，在旅馆里等她的伴侣让·马克。在等待的时候，她突然意识到没有男人再注视她了，内心中一片荒凉。让·马克第二天来到旅馆会她，她面色苍白，只说了一句话，“男人不再转过来看我了。”让·马克意识到对尚塔尔来说，或对一个进入中年的女人来说，这是一个多么残酷的事实。所以他开始给尚塔尔写匿名信，告诉她，她是多么迷人、多么性感。尚塔尔在这些匿名信的鼓励下，再次感到自己的魅力，再次激发起自己的激情和欲望。最终尚塔尔发现是让·马克写的这些信。爱情、欲望、谎言、身份与年龄都纠缠在一起，人生扑朔迷离，最后他们和解，小说这样结束：

她说，“我将不让你走出我的视野，我将总是看着你，永远都不停止。”

停了一下，“当我眨眼睛的时候，我害怕了。我怕在那一瞬，在我的注视关掉的那一瞬，一条蛇或者另外一个人滑进了你的位置。”

他抬起身来，要用嘴唇触碰她。

她摇头，“别，我只要看着你。”

接着，“我要让灯开着，整夜开着，每夜都开着。”

我读完最后一页，把书放在自己的腿上，沉默地坐在那里，坐了很久。

调情的光芒

一进家门，我对老伴说，“今天在飞机上有一个人跟我调情。”老伴笑，“好玩吗？”“当然。”我们心照不宣，两个人都微笑。多年来的生活，我们不用多说，彼此都理解。老伴对我跟别人调情或别人跟我调情，从来没有表示过贬义，原因么，调情是生活的辣椒，但不是米饭白菜等主餐。一个只有主菜没有调味品的生活，恐怕不那么令人笑声朗朗。

调情使生活丰富多彩起来。上星期五收到电子邮件，系里的军代表，德国海军上校约翰森写信要求我们那天必须交给学生六个星期的评语。并说，若不写完，就不允许参加“幸福时光”——系里一个月一次的周五酒会。 我不知道我也有一个评语要写，看到自己的名字也在要写的人中，我匆忙写了，交了，回信给约翰森，说“你的话太可怕，不写就不许幸福了吗？”约翰森立刻回信来，“你是个好姑娘，幸福都给你。”我们在电子信上调情。晚上在酒会上，我跟他逗着玩，说，“我是个好姑娘么？”“当然是。”约翰森说，还以德国习惯吻了一下我的脸颊。阿拉伯语教授、埃及人珊娜叫了起来，“约翰森上校，你是不是给每个人写信都说我们是好姑娘。”约翰森说，“当然，你们都写了，都是好姑娘。”珊娜说，“我以为只有我是好姑娘呢。你亲吻睿，我嫉妒死了。”约翰森走过去，也向珊娜致德国礼节。我们一起笑个不停。本来的公务，因为隐含的调情，变得轻松起来。

调情使平淡的时刻显出光芒来。那天从巴尔的摩坐飞机去明尼阿玻利斯，飞行时间有两个小时的样子。我旁边的人，坐下来后就掏出笔记本，写起来。我这是头一次看见一个男人写日记，忍不住好奇，伸着脖子看了一眼他在写什么。他回过头来，“我写日记。”“男人也写日记，我以为写日记是女人的习惯。”我回答。“我天天写日记，写了四十年了。”他这么一说，我就更好奇了，便聊了起来。原来他来巴尔的摩看望初恋的情人。这个女人正在离婚，他来给她感情上的支持。我说，“很像浪漫小说呀。”他却说，“不再浪漫了，是好朋友了。”我们在飞机上聊了一路，玩笑也说了一路。原来他是个建筑师，专业是古建筑修复。他去过中国，参观过很多古建筑，对中国略知一二。下飞机的时候，他看看我手上的婚戒，说，“我可以问你多大么？婚姻生活怎么样？”我笑着说，“我快半个世纪大了。婚姻生活中没有裂痕。”他把名片给我，“我半个世纪大了，你婚姻生活中有了裂痕，别忘了给我写个信，我也可以去看你。”我们都笑，相逢何必曾相识，这中年的不动声色和神色飞舞，就在这些彼此都懂得的调情之中。我们走出机场，他说，“这是我一生最愉快的飞行之一。”我点头。我不经意地就认识了一个人，就像一本我可以打开的书。生活是多么美啊。

调情还增强我们对自己吸引力的信心。人到中年，很多人慢慢地变得邋遢，对自己是否还有吸引力不再重视。我常常看中年男女，特别是中年女性，不懂那些不修边幅也不化妆的中年女人怎么能把自己放弃了。周末我们常常到外面吃饭，我喜欢看老伴的衬衫上面两个口子不完全扣上、潇潇洒洒的样子，他遵从我的意愿，不扣那两个扣。坐在他对面，我忍不住夸他性感。我们去看电影，老伴喜欢看我穿超短裙，我为他穿短裙长靴，我们打扮得好像两个大学生，彼此都快乐。我原来在葛底斯堡学院的好朋友任复礼教授，现在偶尔会和我在华盛顿见面。我们在第十七街书店见面，他风度翩翩，我也忍不住夸他魅力十足。他低头闻闻我耳间，“换香水了？这次是夏奈尔诱惑，不是五号了。”我笑，“你闻香识女人啊。”我们这些善意的玩笑，使我们的友谊充满了嘻笑甜蜜的弹性和快乐。人生就是使自己快乐，也使别人快乐。如果有机会，我们怎能不为朋友制造快乐的气氛呢？

这就是我主张调情的原因。不信你试一试，你的生活也会美好起来。

每天两杯红葡萄酒

我下飞机的时候，决心已下：每天要喝两杯红葡萄酒。

从伦敦到爱丁堡的飞机上有免费的报纸，我走进飞机的时候拿了一份《每日邮报》，坐下来，不用打开，便看到头版头条："举杯向老年：五十岁以上的女性一天喝两杯，永远不得病。"大标题的旁边是小半版的一幅女性的照片——全身照，基本半裸。头发、眼睛、鼻子、嘴，脸型都完美无缺；身材、乳房和大腿都美得恰到好处。红色的镂空泳衣，裹着红色的丝巾，我以为是英国的什么著名模特，没有注意，仍然看新闻。

新闻说，据美国哈佛大学的研究者最近出版的研

【女人·更年期】

青春期与更年期，

女人一生两个最美丽的时辰：

青春期绚丽花开，更年期硕果累累，

女性事业成功与更年期同时，

更年期的女人什么都不怕，

因无畏而果敢，因更年而智慧。

究成果证明，五十岁以上的女性，如果每天喝两杯红葡萄酒的话，到七十岁的时候，她们能把十一种疾病送到地沟里去。这些病包括癌症、心肌梗塞、中风和糖尿病等。不仅这些病都沾不上身，她们还会头脑保持灵活，身材继续健美，腿脚依旧利索，比如给房间吸尘，爬楼梯等等，她们做起来不逊于五十岁的时候。哈佛大学公共健康学校的研究者 Qi Sun 根据 12 万名被研究者的 20 年的数据，论证说，每天喝两杯的女人，到七十多岁的时候，身体健康率整体提高 28%。一天两杯，年老的时候，健康的几率比不喝酒的女人高出 20%。

更重要的是要坚持每天都喝。一个天天喝酒的女人比只有周末或偶尔才喝酒的女人（比如我），到老年的时候健康的几率可能高达 50%。Qi Sun 说，“对喝酒的人来说，每天喝两杯，可以最大化她们老年的健康。”这个研究者的名字让我觉得她是个中国人。我想我们中国人真能干，在哈佛大学里做这种有趣的研究。我该怎样写这两个中文字：孙琦？孙琪？我不知为什么觉得这位叫 Qi Sun 的研究者一定是个女的。

一边看报纸的新闻，一边胡思乱想，我突然意识到，飞机的乘务员正在跟我说话。我抬起头，她问的是："你要喝酒吗？" 我定睛一看，她手里举着红葡萄酒、白葡萄酒两种。我愣愣地看着她，不明白她怎么知道我在想喝酒的事情。我的眼睛里全是问号，因为如果坐美国航空公司的飞机飞到爱丁堡，飞机上吃的饭都要自己掏钱，更别说酒了。

乘务员一定看出来我的顾虑了，安慰我说："这酒是免费的。不列颠航空公司提供免费的酒，午饭就要开始了，这是 aperitif（开胃酒）。"我茅塞顿开，心里大乐，刚看完新闻，就有实践机会，简直是无巧不成书。立刻伸出手来，假装内行，"来一杯 Merlot。"乘务员女士也二话不说，立刻给了我一杯酒，塑料的高脚杯，还真有红酒杯的感觉。我抿了一口酒，再仔细看，居然看到还有香槟酒。

Qi Sun 追踪了 12 万名女性，在这些女性平均年龄是 58 岁的时候开始做研究，现在二十多年过去了，11% 的喝酒的女性"成功地进入了老年"。每天喝 15 克到 30 克酒（一到两杯），是她们健康的原因之一，特别是酒让她们的心情和精神都获益良多。我这时才想到看旁边的照片，原来是一个五十多岁的女性，要参加英国的舞蹈大赛。从照片上看，这位女性不过三十七八岁而已，性感非凡。

看完这篇新闻，再仔细看完五十多岁的美女的照片，我的胆子一下子壮了起来。我以前以为喝酒是一种自我纵容的表达，因此对喝酒非常控制，这篇文章让我豁然开朗，给了我无比坚定的勇气和力量。我喝着飞机上提供的免费酒，好像看到我每天这样喝下去，再喝个二十年，我就会有一个健康的老年。这篇文章还附有一张漫画，看得我咧着嘴笑出了声。乘务员听到我的笑声，过来又给了我一杯酒。我觉得自己离健康的道路越来越近了。

不过一个多小时的飞机行程，我喝了两杯红葡萄酒，吃了午饭。下飞机的时候，我感觉好极了，决心已下：从今天开始，每天喝两杯红葡萄酒，在健康的中老年的酒路上速跑。

更年期的女人胖起来

更年期的女人一定会变胖，我以为这是规律，因为我的母亲就是在更年期变胖的。母亲四十岁之前都是很瘦的漂亮女人，可是快五十岁的时候，母亲突然膨胀起来了，成了一个肚子肥肥的胖人。我因此有了目睹而得来的结论：女人一进入更年期就会变胖。

不仅是中国女人，就是美国女人也是如此。苏珊是我在缅因州工作时结交的好朋友。她五十岁那天，我们四个女人在波士顿附近的一个度假村租了一个房间，四个人睡在一个房间里，彻夜聊天，第二天在度假村的高档餐厅里吃饭，四个女人疯玩，庆祝苏珊的半个世纪的人生，庆祝她更年期的开始。苏珊瘦瘦的，个子中等，是个很有风度的女人，她刚刚停经。

第二年的秋天我找到新的教职，搬到宾州，在葛底斯堡学院教书，苏珊就成为通信打电话的朋友。一次苏珊正好要到宾州出差，顺便来看我，我激动地等苏珊来。当苏珊终于出现在我面前，我惊讶地说不出话来：一年多一点没见，她突然长了三十磅，胖得我都不认识了。“你怎么了？”我实在忍不住地问，她苦笑着：“更年期就这么改变了我。”

我母亲和苏珊——中国女人、美国女人，到了更年期都变胖，在我的心中成为板上钉钉的规律。更年期没到之前，我对更年期隐隐的恐惧，其实更是对发胖的恐惧。是的，进入更年期以来，我突然觉得什么都好吃，我以前不挑食，除了不太爱吃玉米面之外，我吃什么都行。可是现在，我居然觉得玉米面也挺好吃的了。我现在对什么食物都热爱，去市场买菜，我看着什么菜都能想象出馋人的佳肴来，我的想象力在吃的方面进一步发达，到了漫无止境的地步。老伴嘲弄我，有的时候就管我叫：“好吃”，因为我面对饭菜时，常常说这两个字的中文。

以前我只是喜欢看菜谱，现在菜谱成了我最常看的书之一，真的比很多小说都好看。有些小说之难看，用我朋友桑梓澜教授的话说是，大多数小说“语言苍白，思想无力”。而世界各国的菜谱，真是色彩艳丽，让人浮想联翩，深深感到生命的意义。

我喜欢照着菜谱做饭，我做的意大利饭连意大利人也觉得正宗；因为家中有法国人，我也跟着吃奶酪，在法国正餐之后上奶酪，至少四种，这成为我们日常的必需；而老伴每年都在芝加哥一个香肠店订购五十根香肠，近二十磅的德国大香肠，我本来不怎么吃肉，可是这种香肠还是会时不时往嘴里塞几片。我学会了韩国的炸酱面的做法，不用肉，而用土豆炸酱，我做的炸酱面一定不亚于我母亲做的。我还跟着美国著名家常秀的主持人玛莎·斯铎德学做沙拉调料。世界上有这么多好吃的，我真担心在我的有生之年，我无法吃遍所有好吃的东西！

也许更年期标志着生命走向第三个阶段，人的潜意识里已经知道生命走向秋天，所以有一种对生命的无比留恋，这种留恋就表现在食物上——一切都变得好吃了！虽然我还是几乎天天走长路，常常去健身房，但体重还是开始增加了，特别是腰围，好像在吹气般地长圆，我真怕自己成了膀大腰圆的女武士，看着自己的腰叹气，嗯，以前穿的裙子现在都要换大一号了，天，如此下去可如何了得？

更年期对人的影响最显著的表达就是体重的变化。男人在更年期的时候也都开始大腹便便了；女人开始变得胳膊浑圆，胸脯雄厚，腰围也雄壮起来。面对体重变化，更年期的女性或男性该怎么办呢？我每天都在寻找真理般地想办法。

虽然有很多理论说更年期的人也不一定会变胖，我内心是同意这些理论的，因为我的姐姐们就是证明，她们比我大三四岁，她们更年期后根本没有胖，仍保持着姣好的体型。我看她们吃得很少，而且基本吃素。我想更年期一定得改变饮食习惯，必须从几十年养成的饮食习惯里走出来，换新的食物链，比如开始以素食为主，并且要减少饮食量。我们不能像年轻时那样大吃大喝地吃油腻的东西了，让我们吃素淡的食物，成为心态素淡的人。

其次我认为就是接受身体的变化。从婴儿到老人，我们的身体一直在变化。不久前看《赫芬顿邮报》网站上的一个影像片，记录一个女人从出生到老年的变化，在不到十分钟的片子里，我们目睹人的脸慢慢地经历不同的变化阶段，这个片子让我感触颇深。我们的变化是在不知不觉中完成的，更年期只是变化的一个新阶段，接受新的变化，以爱自己的心态接受人生的新阶段。

当然我认为重要的是让自己更活跃、更积极地参与体育活动，也包括更多地做爱。做爱是一个很出色的体育运动，每天一定要匀出三四十分钟左右做爱的时间、一个小时体育运动的时间。如果没有人跟你做爱，你就自己跟自己做爱，抚摸自己的身体，从头到脚，轻轻地按摩，让身体沉浸在按摩的快乐与放松里。我建议去买带香味的按摩油，在自己的身体上慢慢地把油揉进皮肤里。我喜欢长距离散步，常常一走就是一到两个小时。走路让自己放慢生活的脚步，我喜欢东看西看，以前开车过去的路，现在都是慢慢地走过去，能看到很多平时看不到的事物。一草一木皆有情，我欣喜地看到冬天裸露的树枝，让人感到生命在树枝里流淌，生命也在自己的身体内充溢着。

搬到新的城市，我喜欢在市中心的大街上散步。街上到处是旅游的人们、银行里工作衣服笔挺的人们，大都市里有一种活力，是小镇上没有的，这就是我爱这里的原因。可是即使我每天走路，我腰围也还是在长，怎样“治理”更年期的胖，还是悬而未决的问题呢！

你是我灵魂的伴侣

坐在大落地窗前看着我荒芜的园子——去年焦黄的落叶还厚厚地铺在地上，松鼠跳在树叶上，钻到树叶底下，玩得不亦乐乎。我突然想到原来南非的作家、现在已经加入澳大利亚籍的约翰·库切的《动物的生命》里，女作家的儿子和儿媳关于松鼠是否有思想的对话。

我起身去书房拿我的书，找不到了，到老伴的房间问他："看到我那本库切的书了吗？"老伴点头，"我在看呢。""你怎么想起看我的书？"我不解。他回答："我正在考察卡夫卡的动物观，记得你说起的库切，就拿来看了。"

我把这本淡蓝色的书从老伴的书桌上拿起来，走回大房间，在摇椅上坐下来，翻到我刚才想到的那一节。（女作家伊丽莎白·科斯特洛来到一个小学校做演讲。她的儿子在这个学校做物理教授，儿媳是文学教授。儿媳不喜欢伊丽莎白的关于动物的演讲。）

诺玛说：“你母亲的观点是简单幼稚的，是一种浮浅的相对主义，只能对一年级新生有影响。尊重每个人的世界观、牛的世界观、松鼠的世界观等等之类的观点，最后会导致智力的全部瘫痪，你花那么多时间尊重，结果没留下时间来思考了。”

她的丈夫约翰反问，“难道松鼠没有世界观吗？”

“当然有。松鼠当然有其自己的世界观。它的世界观包括橡子啦、树啦、天气啦、猫呀、狗呀、汽车呀，还有异性的松鼠。它的世界观包括这些现象是如何交互作用，为了生存下去，应该如何顺应自然等。这就是它们的世界观，这就是松鼠的世界。”

“我们真的那么敢肯定这就是全部？”

“我们所敢肯定的是在上百年对松鼠的观察的基础上，这种观察还没有导致其他结论。如果松鼠的心灵中还有其他的想法，那些想法没在可供观察的行为中表现出来。人们为了实际目的，就把松鼠的心灵极为简单机械的理解。”

“那么笛卡尔是对的了？动物只是生物的自动机器？”

“从广泛的意义上看，就是这样的。从抽象的意义上看，你没法区别动物的本质心灵和机械式激发的心灵。”

“人类的心灵不一样吗？”

“啊，约翰，我累了，你真让人讨厌。人类发明了数学，设计了望远镜，人类会计算并能制造航天器，结果呢，结果是一按电钮“嘣”的一声，航天器就飞到火星上去了，如预计的一模一样。这就是为什么理性不仅仅是如你母亲说的“一个游戏”，理性提供给我们真实世界的真正知识，因此理性是有用的。你是个物理学家，你应该知道。”

“我同意理性有用。但是，是不是在我们争论之外有这样一种情况，我们把航天器送上火星，以松鼠思维想来想去，然后突然跳起来，抓住一颗栗子，这是不是与她所要说的很像？”

“可是根本没有这样一种情况！我知道我的观点

听起来好像老保守，但是我不得不说，理性之外没有一个地方，你可以站在那里来讲理性，对理性进行判断。”

“除非是某个人，从理性的位置撤退。”

“那是法国式的反理性主义！一个从来没进过精神病院的人、没见过精神病人长什么样的人，才会说那样的话，只有那些精神病人才会真正地从理性撤退呢！”

“那么，除了上帝。”

“如果上帝是理性的上帝，理性的上帝也不能站在理性之外。”

“我可有点吃惊，诺玛，你说起话来怎么就好像是老保守的理性分子。”

“你误解了我。那是你母亲选择的立场，那些是她的术语，我只不过是进行反应而已。”

夫妻两个人的对话到此为止，转入其他的话题了。我把这段对话照搬过来，因为在这段貌似夫妻闲谈的对话中，库切嘲弄并解构了西方现代社会所尊崇的根本信仰之一：理性。那捍卫理性的诺玛，她自己的论证逻辑有致命的缺陷，但她却毫无察觉，反而自以为是。

我抬头看着外面的松鼠。老伴走过来，把手放在我的肩上："看什么呢？"我给他看我刚才看的这一节。他点头："我们对动物所知太少。人类以自己的无知为知识和理性，并自以为是地理解世界。"

我凝思，想他说的话，突然看到一只松鼠居然跑到我的蒜地里扒出一些蒜，举着白绿的青蒜吃，我大叫一声，从椅子上站起来，打开门，佯装愤怒地喊："你以为你是谁？可以不劳而获吃我种的蒜？"

松鼠听见我的声音，大吃一惊，慌乱中丢掉蒜，立刻逃之夭夭。老伴和我相对而笑，我突然想说："你是我灵魂的伴侣。"但我什么也没说，只把自己的手放在他的大手里。

人生哲学

“上苍不会让所有幸福集中到某一个人身上，得到爱情未必拥有金钱；拥有金钱未必得到快乐；得到快乐未必拥有健康；拥有健康未必一切都会如愿以偿。保持知足常乐的心态才是淬炼心智、净化心灵的最佳途径。一切快乐的享受都属于精神，这种快乐把忍受变为享受，是精神对于物质的胜利，这便是人生哲学。”

上面这段话是我搬来的，是因为这种励志的话好像是对我说的。已经活了三分之二的人生，我还需要励志，可见人永远都需要学习和鼓励。这段话说得很透彻：是的，所有幸福不可能都给一个人，比如我吧，我有爱情，我对世界充满了爱，也得到很多爱，可是我却没有什么钱，没有钱的我却拥有健康。虽然我没有事事如愿以偿，我也不打算事事如愿以偿，但是上苍总是眷顾我，在我最需要的时候总是有人把手伸出来，我总是能在黑暗中找到光明。

想来想去，我总结出一条，人生的哲学有两点：第一，别贪心，别什么都想有；第二，无论什么时候都善良地对待这个世界，善有善报，恶有恶报。

老伴在我表达绝望的时候，总是说："等着吧，你会看到结果的。你善良美丽，你就是光亮，你的路一定光明。那作恶的人可以得意一时，却不可能永远得意。"

我嘲笑老伴有宗教主义，他可是彻底的无神论者，跟克里斯多夫·希彻森一样坚定。他却摩拳擦掌："我见到基督，一定帮助罗马人再给他的手钉几颗钉子。"

"那你为什么相信善恶一定轮回呢？"他答："生活本身是公平的，是钻石就会闪光，而渣滓只能是渣滓。好人可能被诬陷，一时被黑暗遮蔽，如同钻石被踩在渣滓里，这是渣滓最愿意做的事情，但渣滓却永远没有机会成为钻石。"

我问，“你说我这块钻石值多少钱？”老伴上下打量我：“不多，零吧？”“啊？一钱不值？”“不，无价之宝。”

有如此爱情，我还有什么说的？在冬天的寒夜，我们彼此温暖，好像两个过家家的孩子，玩得不亦乐乎。

姐姐在我情绪低落的时候安慰我说：“你拥有爱情，易得无价宝，难得有心郎，上帝不可能让你什么都有。”

我们的生日

我们在国家野生动物保护区的森林里散步。

我喜欢脚下厚厚的松针和森林里松叶味的空气。几步之外就是广阔的海滩、望不到边的沼泽地，这些是海鸟的栖息地。

海的那边，是更辽阔的海洋，更辽阔的海洋那边，是他的家乡。

十月的阳光总是这么灿烂。

他生在这个阳光明朗的月份。

“童年的记忆，是被老师捉住，脱了裤子打屁股。”他说。

“为什么打你？”我问。

“我淘气，在课桌上面跑，弄得全班大乱。”他答。

我们一起大笑。

六岁时，他上小学一年级。

十六岁通过巴黎高等师范学院的考试，是他们那个省被录取的最年轻的学生。

他选择放弃。

“傻呀你！”这不知是我多少次喊他傻了。

“我那时不想做老师。巴黎高师毕业，就必须到中学教十年书。我才十六岁，我不知道我到底要做什么，当时也不知道这个学校有多么好。我那时哪里知道萨特、波伏娃毕业于那个学校？我那时刚上高中，我的父母是普通的农民，他们从来没有听说过知识分子，他们对我考上什么学校都不那么激动，他们不懂得巴黎高师有什么意义。”

“难道没有人告诉你巴黎高师……罗曼·罗兰也毕业于那里？”

“我的法文老师、学校的校长都来劝我不要放弃，但我对他们说我没想好将来做什么，他们也就不劝了。我是学校成绩最好的学生，但不是最聪明的，而是最用功的学生。我的法文非常好。”

在法国，法文好的人受到特殊尊重。

“后来上大学，我喜欢德文，因为喜欢海涅的诗歌，决定学德文。”

“你想做什么工作呢？”

“当时没想，喜欢就学了，没有目标。后来我遇到一个姑娘，她爸爸开卡车公司，希望我跟他女儿结婚，将来接管那个公司。”

“小公司吗？”

“小公司，只有几辆大卡车。我要是跟玛德琳娜（那个女孩子的名字）在一起了，可能现在已经有几个孩子，掌管着一家大卡车运输公司，也说不定。”

“那你干嘛不娶她？玛德琳娜，一个从普鲁斯特小说中走出来的名字！”

“玛德琳娜是很通常的法国女孩子的名字。是啊，我当时想什么呢？不想结婚，只知道我不能结婚，除了这个，我什么都不确定。”

“后来呢？”

“大学毕业我到维也纳大学做讲师教法文，在那里我爱上了海伦。”

整个特洛伊战争为海伦打了十年。整个西方世界都拜倒在海伦的裙裾下。

“后来呢？”

“跟着海伦来到美国，读博士，写博士论文的时候就到这里教书，教了二十九年。没有后来，只有现在。”

“你出版的书呢？”

“那些书吗？对别人没有意义吧，只对我自己有意义。”

我们在森林里走了整整一下午，时而停下来看飞鸟，听树林里松塔落下来的声音，听风吹过森林的声音。

出版的书，发表的文章，他都不提。我刚刚看过他领域内的最高学术杂志的编辑给他送来的匿名评审意见：excellent, brilliant, outstanding 。三个评审人不约而同地如此写道。我为他骄傲，他却什么都没说，对他来说，学者的意义是自己的快乐：犹如一个侦探，在书中发现不为人知的秘密。

秋天，我们拉着手，在这灿烂的森林里，祝我们生日快乐。

漫长的夏季与中秋

中秋到了，但这里仍感觉是夏天，南方漫长的夏天让我快乐。我是喜欢夏天的人，以往暑假过去了，我非常不情愿开学，因为空气中充满秋天的凉意，落叶也开始萧萧而下，不得不把夏天的衣裙折叠。而现在呢？开学三周了，我还是觉得如夏天一样，穿着夏天的衣裙，往来在学校与家的道路上。而回到家就是一条白色的短裤、真丝的无袖衫，飒爽英姿，好舒服啊。我坐在凉台上看这个城市如热带森林一般郁郁葱葱的树木和到处盛开的鲜花，窗外烂漫的紫薇如繁星一样，雨后的小路上也全是散落的鲜花，我竟全是快乐，夏天，我爱的夏天迟迟不去。

也因如此，我可以每天早上去游泳，我的耐力真的提高了。两年前我开始去游泳，刚到游泳池的时候，在换衣间我跟一个七十多岁的女性交谈。她也是每天游泳，我对她说自己游几圈就累了，她说：“你的耐力慢慢会提高。”我点头。两年过去了，我能感到自己耐力的提高，虽然我仍然游得很慢，但游得非常努力。

搬到这个永远是夏天的城市，室外游泳池会开到九月底，从我的公寓走过去不到一分钟。每天早上和晚上，都是我一个人在这个大游泳池里，从东到西，一圈一圈地游。记得自己曾写过《游泳是孤独的运动》一文，谈及自己在水下的体验，而现在这个体验更加深刻：孤独地游泳，别无所求，只求向前。

管理游泳池的一个黑人女性，看到我每天游泳，常跟我开玩笑：“你要去奥林匹克运动会比赛吗？”我大笑，跳入水里。奥林匹克运动会？我想起我的一个学生，就是奥运会选拔赛的选手，她非常用功，推荐信是我写的，她得到了美国著名的米歇切尔奖学金，在剑桥大学学习。想起她，又想到已经人到中年的我，是呀，这是我自己一个人的奥林匹克运动会，我跟自己比赛，在水中向前冲刺。

漫长的夏季是如此让我心醉，就是中秋到了，我也没有悲秋的心境，因为四处都是茂盛的夏景。昨晚的月亮把我的床照得明晃晃的，借着床前明月光，我躺在床上读我喜爱的诗人史蒂芬·邓恩（Stephen Dunn）的诗，他的诗激发起我想做一个诗人的愿望。我原来是厌恶诗人的，但好诗启迪我们发现生活的奥妙，感受生活的细微，觉悟生命的意义。史蒂芬·邓恩的诗，首首都是好诗，都是千锤百炼、使人沉思的诗。

秋天是沉思的季节，人的中年则是沉思的年龄，而我此刻还是喜欢夏天，喜欢夏天的生命力和相爱的快乐。上个周末是美国的劳动节，有一个长假期，朋友打电话来："节日你做什么呢？"我说，"啊，游泳、骑车、吃饭、做爱。"朋友大笑："快快把你的故事写下来，一个中年女性，天天做爱。"我也笑出声来："是真的，天天做爱。我的中年是一个长长的夏天。"老伴听到"做爱"两个字，伸出头问我："你在跟谁做爱？"我答："跟我的爱人，跟这夏天。"

中秋到了，南方的夏天还没有结束，这让人心醉的漫长的夏天。今晚的月亮明亮皎洁，为我们每个热爱生活的人升起，为我，也为你。

清明时节去爬山

清明节一早，我就想去普贤寺烧香，因为自从来到这儿，还没有去过本地的寺庙。我不是教徒，但在母亲去世后的一段时间里，只有宗教能安慰我，因为宗教许诺绝望的我以希望。

看看天气，好得不能再好，于是老伴和我决定去爬本地一座奇怪的山。亚特兰大总体来说还是一马平川的平原，在离市中心不到十五里的地方，有一座突兀的山头，名字就叫“石头山”。有次我和老伴站在市中心摩天大厦的顶层向东望，我们看到了那座山，它好像是从天上掉下来的一块大石头，突然地掉在平川上。当时我们看看彼此：“哪天去爬山？”

石头山的历史名气要归过于“三 K 党”的恶迹。南方在过去，因为奴隶制、种族主义强势，“三 K 党”在当地有一定的呼应，他们动不动就来个“火烧十字架”以此表达他们对黑人或其他种族的仇恨。石头山就是他们常常火烧十字架的地方，借此恐吓一切与他们观点不同的人。

“火烧十字架”这个行为是美国著名的电影《一个国家的诞生》里面虚构的一个仪式，二十世纪初被“三 K 党人”学来，于 1915 年的感恩节之夜在山顶上火烧一个巨大的十字架，让几十里的人都看得到，以此威胁并宣告他们自己的政治主张。

电影对现实的影响，这个事件可算一例。我多年前在研究生期间看《一个国家的诞生》，这是美国历史上最著名的电影之一，没有想到有一天我会来到这个一百年前的“三 K 党”的活动之地。人生奇妙，我们永远不知道我们这一生有什么样的奇遇。

“三 K 党”被当时石头山的私家拥有者给予永久活动权，他们可以在这座山上举行活动。1958 年政府决定把石头山从私人手里买回来，把它变成了一座公园，现在石头山是一个可以爬山、开会、划船等休闲的地方。

我们从来没来过这里，把车停好后就开始沿着路走，顺着人流去爬山。石头山名不虚传，果然到处都是大石头。原来整座山都是硬邦邦的石头，过去有采石场，现在则全都成了自然保护区。

我跟老伴两个人，开始还觉得爬山不算什么了不起的事，可越爬越不容易，全程只有 1.3 英里，但是因为陡峭，海拔却突然长了几百米，爬起来真是种锻炼。爬山的人很多，居然有一组中国人，十几家出来踏春，听他们说中文，我有种偷听的快乐。

老伴打趣地说，"中国人真爱说笑。"我大笑，说，"他们谈论孩子啊，上学啊，学舞蹈啊等等家常呢。"老伴继续开玩笑："多么深刻啊！"我说，"世界上没有几个人像你一样天天谈论卡夫卡和黑格尔，也没有人像我一样到了石头山谈论'三 K 党'和电影《一个国家的诞生》。他们谈论生活，而我们在生活之外，我们是'妙玉'，是'槛外人'。"

生活在"槛外"的我们，爬到山顶，极目远望，看见远处高楼大厦如玩具的城市，看见四处郁郁葱葱的树林，在目光所及的地方，全是蓝天下郁郁苍苍的大地。读万卷书，行万里路，人生还有比爬山到达最高处极目瞭望更有乐趣的事吗？

回程时，我们顺便在当地最大的农贸市场买菜，一下子就回到“槛内”来，我突然有种荒诞的快乐，如喜剧，想到洁净的妙玉，可是人生却“欲洁何曾洁，云空未必空”。人最终还是得在“槛内”吃饭睡觉。

跟老伴说“槛内、槛外”，他听得是一团雾水，老伴叹气，用保罗·策兰的话回答我：“旅行是有用的，旅行使想象纷飞，其他的只是幻觉与痛苦。我们的旅程是全然的想象，这也正是我们的力量所在。”（“To travel is very useful, it makes the imagination work, the rest is just delusion and pain. Our journey is entirely imaginary, which is its strength.”）

书拯救我们

上个学期我有一个学期的休假，这是我教书以来第一次有这么长的时间在家休息，做瑜伽、游泳、散步、看书、写东西。我看了很多书，新买的书从地上堆起，居然有两垛，垛成矮墙，靠在我的床边。老伴叫我“书墙里的囚者”，我听了，点头，也觉得自己是被书囚禁的人。他前些天居然给我买了一个穿着背心的玩具狗熊，背心上写着：爱书的人。我现在把玩具熊放在床头，算作自恋的象征。

书，拯救我的心。母亲的去世让我不堪打击，不教书让我有时间从悲痛中慢慢地缓过来，可是我还是不能想有关母亲的事情。今天早晨给妹妹看母亲葬礼的照片，不多的几张，我居然平静地看这些照片。妹妹全家走后，我一个人在家，收拾房间、洗衣服，想念母亲，我甚至觉得自己的咳嗽声音很像母亲，想到“子欲养而亲不待”，心如刀绞。后来我拿起库切的小说《夏天时光》，躺在沙发上看，慢慢地缓解了那刻骨铭心的痛。书，拯救我。

书，拯救我的身体。今年冬春的几个月我每天躺在床上看书，把韩素音的十几本小说都看完了，我的身心就在这样缓慢的阅读中康复了。每天在海湾边散步，思考阅读的内容，计划要写的文章，书抚平了我心中的忧虑与身体的伤痛。

书，是我们之间无言的承诺。我看书，老伴也看书。无论老伴有什么事情，只要拿起书，他就能安静地进入思考与写作的状态里。他是读书读得格外专心的人，我是读书读得散漫的人。我的书房里天上地下都是书；他的房间里，几乎没有书，他借书读，从不买书。于是他常走到我的房间，看我的书，说我是自由散漫者。他的书，只有一两本，图书馆借来的，看完一本还一本。他在写关于卡夫卡的论文，我们常常讨论卡夫卡，卡夫卡跟我们一起生活着。我们一起讨论关于写作的事情，不约而同地说到：卡夫卡该怎样写？于是我重新看卡夫卡，居然把卡夫卡小说再读了一遍。

书拯救每一个爱书的人，书给我们提供了一个想象的世界，一个与现实黑暗不同的世界。现实有时是黑暗而模糊的，不是吗？世界就是由喜欢书的人和不喜欢书的人构成的，喜欢书的人相对单纯，生活也单纯，但不喜欢书的人会把世界弄得波澜起伏，诡秘四伏。我以前跟不爱看书的人没什么交集，因为工作，我认识了不爱看书的人，看到他们一团混沌的脸，我明白了我生命的意义：上天给我一个机会，要我写出我对社会与人生的最深刻的观察。我现在正在写的书，也是我所闻所感的生活，我将给这个社会做一个绘像。

我对老伴说："书拯救我们。"老伴说："书拯救你。"

第五辑

女人的服饰

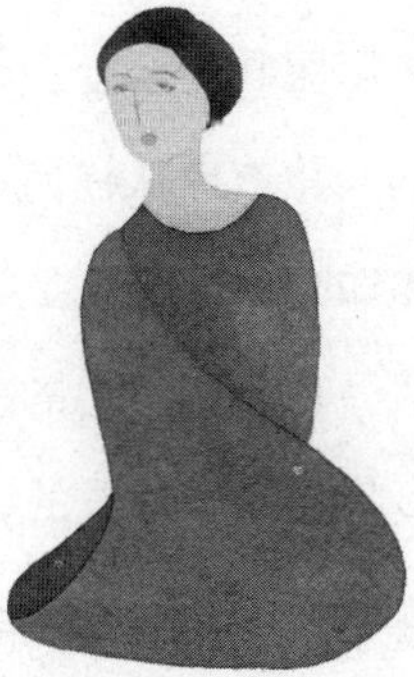

黑色短连衣裙

时装从来都是社会思想和观念的反映，这是不言而喻的。二十世纪初，人们的装束与今天有天壤之别，原因很直接：并不是人们的身材突变，而是价值观、世界观改变了，带来了服装的改变。我常常想，从我们的服装上看世界的变化，比从任何一个坐标上看，都更清楚。建筑风格的变化，是社会变化的一个坐标；服装风格的变化，也表明社会的变化。但建筑风格的变化是经过很多年才慢慢形成的，而能留下的建筑几乎都修修补补过，有了很多其他历史痕迹。服装怎么变也就是那么几样，所以这样看来，任何坐标都没有服装清楚。我们看一张老照片，通过服装就可以知道这种照片在哪个时代，甚至哪年拍的，服装因

【女人·幸福】

工作、爱情、家庭、孩子、朋友、好吃的饭、好看的衣，

我们什么都要！

不要自我设狱，不要将家庭与工作对立，

一个在公共领域内得到肯定的女性，

一定有能力和智慧把家庭弄得妥妥贴贴。

——有一种女人，不让她美好幸福都难。

此成为社会变化的晴雨表。

二十世纪以前的服装，无论是中国还是西方，女性服装都非常繁琐。我看清朝王族的照片，特别是女性的照片，人的脸总是非常严肃，没有人咧嘴微笑，衣服也都是厚厚的好像压在身上似的，我都替她们感到沉重。看二十世纪初西方女性的服装，女性那个时候都是穿紧身衣的，有三四十个扣眼，拿线勒住，紧紧地裹在身上，让胸部挺出来。有一次化装晚会上我穿了维多利亚时代的衣服，这个紧身衣让我喘不过气来。我深深感叹：幸好没生在那个时代，不然连日常喘气都困难；还深深赞叹今日生活的甜蜜，我能正常呼吸。那个时代女性的裙子也都有支棱的架子，穿在腰上，让大裙子撑起来。这样的服装让女性的腰看起来细得一扭就断了。著名小说《飘》里的郝思嘉的腰勒得只有十七英寸，也就是四十三厘米，不到一尺五，一腰“细”压群芳，靠细腰在晚会上大出风头，引起男主人公白瑞德的注意。

发动服装革命带来世界服装变化，并真正解放女性的身体、解放女性的思想的，不是马克思和列宁，也不是他们的妻子，而是法国小女人可可·夏奈尔（Coco Chanel）。中国关于夏奈尔的故事已经报道得够多了，年轻女性可能对舍己救人的向秀丽了解不多，但是对夏奈尔一定所知甚详。连女作家卫慧的《上海宝贝》里的宝贝都自称可可，模仿夏奈尔，可见她对中国小资自我塑造的影响。西方关于夏奈尔也一样着迷，2008 年美国生活电视台推出自己拍摄的电影《可可·夏奈尔》，由宝刀不老的雪莉·麦克雷恩主演。我很难为一部电影看首场，那个晚上居然坚持看了，完全是出于对这个掀起世界革命的小女人的好奇。2009 年欧洲推出两部新电影，一部叫《成为夏奈尔之前的可可》，法国影星奥黛丽·塔图主演，导演也是女性（安·方塔尼），关注的是夏奈尔少年和青年时代。另一部叫《夏奈尔与斯特拉文斯基》，讲的是 1920 年在夏奈尔和俄国伟大的作曲家之间发生的一段短暂而热烈的爱情。夏奈尔给世界提供了无限想象的可能。

夏奈尔所带来的革命，对女性的影响，不亚于无产阶级革命对世界的影响。她影响的是整整一个世纪，直到今天我们还生活在夏奈尔的服装概念里。夏奈尔之前，虽然服装革命已经发生，但夏奈尔是服装革命的真正倡导者，她提出女性的衣服必须舒服，让穿衣服的人更轻松自由，不受束缚，也不必因为穿了一件新衣服而改变自己的态度和行为，不用伪装自己。这些今天看来已经是习以为常的基本规则，在当时就是一场革命。女性好像恍然大悟一样，扔掉了裹在身上的紧身衣和架在腰上的裙子架。女性可以穿舒服而曲线多变的裙子，不必跟自己的身体过不去，以简单、舒适的服装来衬托出女性身体线条，形成了让实用的衣服成为日常服装的指导思想。

这种指导思想的出现当然是跟二十世纪第一次世界大战后欧洲的社会变化相关。女性在战争年代从事很多工作，她们需要简便而实用的服装。战争结束后，女性继续推进和争取自己的工作权、政治权、受教育权，女权主义思潮改变了女性怎样看待自己和社会的关系。女人不再是摆在家里的花瓶，而是推动社会发展的一部分力量。女人也可以介入政治生活。克拉拉·蔡特金等社会主义者提倡改变女性社会地位，将全世界女性组织起来。这样的时代背景下，夏奈尔正是这股浪潮中的一个“革命者”，她从时装的角度介入女性权利的斗争，改变的是女性的自我和社会形象。

1926年，夏奈尔在《时尚》杂志上推出“黑色短连衣裙”（*Little Black Dress*），刊载了一张不到膝盖的黑色连衣裙的照片。《时尚》杂志评价说这样的裙子会成为大众喜欢的产品，因为这样的裙子既简单方便又漂亮美观。果不其然，这样的裙子立刻受到很多职业女性的喜欢，连好莱坞女星都紧跟着这个潮流。

三十年代的电影里，很多影星都穿这样的短裙，进一步推动这种裙子的流行。四十年代到五十年代初，因为二次世界大战造成的供应紧张，欧洲很多国家需要用布票买布，短的连衣裙因为可以省布就成为必需品。

五十年代末，因为经济繁荣，思想保守，黑色短连衣裙不再受到欢迎，穿这种裙子的女人被看成是“不正经”的人。但是电影明星奥黛丽·赫本在《蒂凡尼的早餐》里穿的黑色短连衣裙成为时髦，改变了这个观念，很多女人突然趋之若骛，人人穿这样的裙子。

六十年代流行超短裙，黑色短连衣裙被看成是保守的象征。七十年代黑色本身就不流行。八十年代末到九十年代初，这种裙子再次流行，不过形式更加多样，黑色本身也变得多彩多姿了。

夏奈尔的“黑色短连衣裙”也因此成为服装的一个特殊类别。这样的裙子，上班可以穿，下班可以穿，晚宴也可以穿。不见得一定是黑色的，而是特指这种穿起来非常方便也很雅致的短连衣裙。时装的风是来回刮的，美国这两年的裙装，很有回归夏奈尔的劲头，都是夏奈尔风格的。短连衣裙短到膝盖，无论什么颜色、什么款式，裙子是不长过膝盖的。到商场走一圈，一眼看去，几乎找不到长裙。看近年来的裙子，我总觉得是夏奈尔时代的回归。

有意思的是，夏奈尔的"黑色短连衣裙"也成为一些美国女性交谊的一个口号。在美国一些大城市，比如华盛顿、亚特兰大等，就有名字是"黑色短连衣裙"的女性联谊会。用它做名称，意思是我们这些职业妇女，有家庭、有孩子，可是也喜欢时装和时尚，还愿意跟其他女性联谊，在一起交朋友。我所加入的这个小组，一个月活动一次。每个会员都是职业女性，正是因为都喜欢穿黑色短连衣裙，所以也很希望跟喜欢穿这样裙子的女人做朋友。夏奈尔的裙子，成为我们今日友谊的旗帜。其实我也是因为这个联谊会，才明白什么是"Little Black Dress"。

我的梦想是：全世界爱黑色短连衣裙的女人，联合起来！

冬天的短连衣裙

我不太喜欢美国总统夫人米歇尔·奥巴马服装的样式与风格，尽管上期《时代》周刊有一篇专门的文章和十几张照片，极度赞美第一夫人是美国时装的弄潮儿和领军人，并把米歇尔说成“美国下一个超级时装模特”。我在家里，仔细看杂志上的每一张照片，其实过去已经看过，还是想再仔细看下，不满地嘀咕：“这简直是拍马屁的文章。我觉得米歇尔的衣服不怎么好看，穿在她身上也不那么适合。”老伴不同意我，理由却是：“我喜欢米歇尔，根本不看她的服装。”

我白了他一眼。是的，男人们一般不会看米歇尔·奥巴马的服装，可是女人们呢？我们看。必须承认，我不但看杂志，几乎每天都会上著名的《赫芬顿邮报》

的网站看时装报道。这个网站里，米歇尔每天穿的衣服都会有报道，我几乎知道她每天穿什么。这里展示很多名人的衣服，我基本记不住名字，但是米歇尔的名字和衣服，我几乎天天看，记得清清楚楚。在奥巴马刚当总统的时候，我差点没给米歇尔写信，主动要求做米歇尔的服装参谋。奥巴马总统就职典礼上米歇尔的衣服，差点让我惊讶得下巴掉下来：这么夸张？这叫什么风格啊？我在网上看照片，难受得不得了。

我相当关注时装消息、时装照片，但影星的时装我一般不太关心，因为影星们是靠身材、脸蛋吃饭的，她们穿什么，我都不感兴趣。而且看多了，会觉得这些影星穿的都大同小异，光胳膊露膀子，与现实无关，仅仅是让我眼睛看得高兴而已。我关注时装，特别是一般人的服装，因为在每个人穿的衣服里，我看到人们对自己的想象，所以我很喜欢看别人穿的衣服，从这个角度理解这个人。

我从时装照片和消息里，也可以感到时代的脉搏。

这两年冬天的裙子越来越短。从前年开始，Lord & Taylor 商场里面冬天的裙子就越变越短，今年就一水儿地短了。我自己的连衣裙大概是受这股短风的影响（根本的原因是买不到长裙），也随着短起来。昨天是情人节，我去商店给自己买礼物，买的还是短连衣裙——冬天穿的真丝绒的黑色双层短连衣裙。回到家，穿上给老伴看。他摇头："还是同样的，你到底有多少同样的裙子啊？"我说："根本不一样！每条裙子都很微妙地不一样。"他继续摇头："我看都一样，都是黑色的，好像你要参加丧礼。"我也摇头，不理他。不过他这么一说，我站在衣橱前数数短连衣裙，天！也许他是对的，这些都是从去年到今年买的，从远处看，怎么都差不多呢？不是黑，就是灰，都是没有过膝的短连衣裙，虽然每条在我看来都不一样，因为领口啊、袖子啊、颜色深浅啊是不一样的，但是，都是短连衣裙，这是真的。

我仔细看自己的裙子。那条中间是红色、两边是黑色的特殊的裙子，是去年八月在纽约的"第二十一世纪"买的，那是一个专门卖减价服装的店。其他的都是这两年秋冬在商店里减价的时候买的。最贵的一条是 2009 年秋天在伦敦的 Marks & Spencer 买的。那天我在伦敦逛了半天，无论如何想买点什么，就买了一条我平时根本不会花那么多钱买的连衣裙。想想买这些裙子的原因，往往不是因为衣服，而是因为别的。比如一个孤单的下午，我会去商场买一件裙子，让自己高兴起来。一个落寞的周五的晚上，我会去商场逛逛，又买一条裙子，安慰自己。所以这些裙子站在衣橱里，是我自己跟自己在一起，度过很多孤单时光的结果，并不是自己需要这些衣服。

这两年的短裙有向六十年代回归的感觉，尽管六十年代杰奎琳·肯尼迪所代表的短裙子潮流跟现在还是有很多不同。我喜欢杰奎琳·肯尼迪的服装，一般都简单而漂亮，颜色也非常适中。我每次看照片，都是看她的服装。今日的短裙子大多没有她那种简单的美。时代的风潮就是这样来回变换的。我们这个时代的短裙子，有过多的装饰，显得有些不伦不类。我一直厌恶过多的装饰，对那些花边变换等等不感兴趣，所以我买的裙子往往都是最简单的，穿起来也非常容易的。一条裙子，一件上衣，一双高筒靴，这就是冬天我去上课的装束。

女性的裤子，穿起来不容易好看，因为需要相配的上衣。选择上衣非常复杂，需要考虑：衬衫的样式、领子、颜色、西装外套的色彩等等，比选择裙子要复杂得多，我因此不喜欢穿裤子，厌烦要花很多时间搭配上衣。我只有在需要套服的时候才穿裤子，这样自己不用搭配，买好一身，西服上衣和裤子，穿起来很利索干练。有一段时间我喜欢买真丝的上衣，可是穿起来怎么也不好看，现在也放弃任何衬衫，于是我的选择就剩下连衣裙。过去很多年四季我都是穿长裙，今年冬天长裙我大概只穿过一次，是一件红色的薄呢长裙，其它的日子都是短裙。

短连衣裙对五十岁以上的女性来说，穿起来显得年轻矫健，所以我建议五十岁以上的女性穿短连衣裙，它可以给你一种青春的活力。我觉得青春的活力是感觉出来的，只要你感到自己青春，你的青春就在。因此，我现在很推荐短连衣裙，特别是简单、利索、优雅的短连衣裙，再配上一双高筒靴，前后左右看都显得步履轻盈。别忘了围一条色彩不同的丝绸围巾，在这臃肿的冬天，你青春飒爽，多好啊！

街上不流行红裙子

“千万别买红衣服！”诺拉·艾芙隆警告，“你买了后红衣服就会在衣架上站着，你总是没有机会穿。”她的这句话我读过很多遍，每次都点头，满心赞同。因为我几年前买的一件鲜红的、软羊皮半短大衣，一直在我的衣架上无聊地站着。买了这件挺贵的皮衣，可能最多穿过不到十次，尽管每次穿我都得到赞美。可是这种半短的皮衣，春天穿不了，秋天穿不久。因为到穿大衣的季节，半短的皮衣需要搭配高筒靴，可是在下午格外温暖的阳光下难免太厚重，所以，我的红皮大衣，看起来真的很好，却没机会穿出去在大街上走。

“千万别买红衣服！”这句话经常在耳边响起，

是因为我常常一看到红衣服就动心。虽然现在衣服的色调基本都是黑和灰的，可是在黑与灰的间歇里，我会仍然喜欢红的，纯红的。红的色彩让我觉得年轻，朝气蓬勃，充满了梦想。前些天去看妹妹，我们两个逛商场——这是最常做的一件事，我突然看见了一套红裙装。“试试，”妹妹大叫，“必须买，必须买，就是给你定做的一样。”我看看镜子中的我，是的，我的苍老突然被红色给点亮了，显得精神焕发，红色突然让我枯萎的生命充满血液。虽然诺拉的声音就在我的耳边嘀咕：千万别买红色的衣服。可是她的声音实在比不上眼前红色诱惑的声音大。我咬咬牙，拿出信用卡，我想在休斯敦买，反正在美国哪里都可以退，就先买了吧。刚买就开始想退路，似乎没有理由让我不买了。

这套红裙装跟着我回到家。老伴看了，拍手说，很好看，真的很好，很适合你上课穿，不必退的。受了这等鼓励，我把裙子挂到衣橱间里，挂的时候突然看到，在一色黑灰裙子之间，已经有一套红裙装了，我还从来没把那套作为裙装穿过呢，因为挂在套装袋子里，很少立刻看到，所以让我几乎想不起来。再说，这套裙装也是什么时节都不太合适的那种。不过，我实在喜欢这套裙装的锈红色真丝料子，所以就一直挂在那里，想象着等哪天我有宴会的时候再穿。那个想象的宴会到今天还没有举行，我的裙装还在那里等着。想到此，我从衣袋里拿出这套红裙装穿上，这是一个三件套：长裙，无袖上衣，加带垫肩的、有领子的正式外套。我在房间里走来走去，在衣镜前站住，看着突然锈红的自己，想起买这套裙装的过程。

那还是在缅因州宝盾学院的时候，我从西部搬到东部，开始任教，同时完成我的论文。任何写过论文的人都知道，写博士论文的过程是很孤独的。一边做研究，一边写，从无中要创造个有出来，写得非常孤苦伶仃。缅因州在美国的最北部，也是人口非常稀少的一个州，开车往往几十里，也见不到什么人家。我每天教书，穿过校园就是我的住所。下了课，我或者是去图书馆，或者径直走回家，打开电脑开始写论文。日子像白水一样。宝盾学院位于波特兰以北二十多英里的地方，是一个靠海的小镇，本身就古典得发旧，但我也不常去古典的波特兰城。

一个周末的下午，我在房间里坐烦了，很想出去走。突然很想看见人群，听听熙熙攘攘的人声鼎沸。天气很冷，下着雪，我想了想，也没有什么地方可去，到海边的道路都封住了，唯一可以去的是波特兰的南边商场，毕竟里面有暖气，还有很多买东西或不买东西的人。于是，我就穿上大衣，开车去了。

阴霾的天空飘着细细的雪花，道路两旁的树林黑黝黝的，而大地白茫茫一片，新英格兰的冬天如画一样，就是色彩单调：黑色的树林，白色的冰雪，灰色的天空。

来到商场，直接去我喜欢的商店——Filene's Basement。这是一家波士顿旗舰服装店，1881 年开张，在新英格兰地区十分著名。我后来搬到其它地方，发现一般的人不太知道这个店，只有新英格兰地区的女人才知道。店面特殊雅致，2006 年我听说这个店最终被梅西店买去了，竟伤心起来，又一个历史名店被大公司收购了！我实在不喜欢梅西店，尽管现在已经占领了美国的每一个商城了。我喜欢 Filene's Basement 的衣服，仅是看看就很好，遇上减价的时候，也会买一两件。

那天我进了店，东看西看，突然看到这套裙装。同样丝绸料子的裙装有好几个颜色：雪青色的、兰耦色的，居然还有粉色的，可是我被这套锈红色的套装迷住了。我买东西，总是一眼看过去，喜欢就喜欢，不喜欢，再看也喜欢不起来。我第一眼看这套锈红裙就喜欢，拿到试衣间，抚摸着重磅真丝的感觉，光滑如水，像月光流过我的指间。一件一件地穿上，望着三面落地镜中的自己，愣住了。那是另一个女人站在那里，除了面孔我熟悉外，锈红色的优雅让我说不出话来。我久久地站在那里，想象别人怎样看穿这个裙装的女人，享受着想象出的不同于日常灰黑的美丽，看着自己，好像是自己的闲雅客人。

那是人生第一次给自己花那么多钱买一套衣服。回来却没有机会穿，我似乎也不好意思穿这套与自己平常的色调不同的裙子，生活中没有什么要我格外优雅的机会。这套裙装跟着我搬家，去到宾州，又来到阿纳泊利斯，从古老的房子搬到古老的房子，从我的谷仓搬到河边的房子，又搬到我的公寓里。跟随着我，好像一个梦想，我居然都忘了似的。

而我又买了一套红裙装！把这套也换上，站在穿衣镜前，看着看着以为自己是空姐，这套衣服怎么像空姐装？短袖的上装，极为合体，短裙也精精神神的。这两套不同的红色，给我两种不同的身份：一个是中年的优雅，另一个是青年的火热。我看镜子里的那个人，笑着冲她眨眨眼睛。这就是衣服的意义：让我们借衣服展现另一个自己，用服装创造另一个身份。

前几天在课堂上讨论中国妇女的服装，我给他们看古代妇女和民国时期妇女的服装，从服装谈中国女性地位的变化。我说，我有三件旗袍却从来没机会穿——一件金色锦缎绣着棕色和锈红色的小花，一件紫红真丝镶着白玫瑰，还有一件玉色蓝花亚麻的。我还刚买了一套红裙装，也没有穿。学生起哄："老师，老师，请一定穿你刚买的红裙装来。"我说，"我多么羡慕你们的军事制服，多好看啊。"他们异口同声说："不好看，没有个性。"我答应了他们，可是第二天我还是没穿。学生们，特别是女生们，大叫着失望："老师你为什么不穿你的红裙装来？"我摇头道："不好意思。"我真的不好意思在这个蓝色和白色的制服世界里，用红色点燃严肃的校园。

我曾经在另一篇《女人是服装马是鞍》的文章里讨论过服装的意义。从每一个人的服装里我都可以看出那个人对自己身份的设定。我看人，往往先看服装。看一个人怎样穿着，我就能猜出一点：这个人对自己身份的理解。尽管要全面认识一个人还需要别的方面，服装作为我们身份的界定几乎是一目了然的。

有一段时间，那是我在读研究生的时候，天天都穿土色的长裙子，因为羡慕嬉皮士们自由的生活方式，我穿着也模仿他们。土色印度花纹的长裙子，我有三四条，拖到地上走来走去，我觉得这种随便中透着一种无所谓的优雅。在“周六市场”上见到别的嬉皮士们，我们彼此心照不宣，知道立场是一致的。这种秘密的同盟，密码一样的文化联系，让我开心。

服装不仅是身份的界定，众所周知，也是我们审美趣味的表达。我孩子小的时候，他的衣服自然都是我买。他成为青少年，成为大学生，我还继续给他买衣服。他居然不抗议，还常常赞美我：妈妈你的眼光很特殊，你真会买衣服，居然能看出这里的时髦来，给我买的衣服都很合意。他的这些话是我生命中得到的最高赞美之一。要知道这里的孩子们，没有几个人认为母亲会买衣服。我的儿子，一个杰出的摄影师和画家，认同我的眼光，认同我对美的概念，还有什么比这更让我自豪的呢？遗憾的是，现在他坚决不让我给他买衣服了，因为他真的长大了。我对他长大了感到失落的原因之一，就是不能给他买衣服了。上次去旧金山看他，打开他的衣橱，只有不多的几件衣服，件件都很适合他，我亦喜欢，只是太少，要他跟我去商场，给他买衣服，他却说：“不用。我自己慢慢来，妈妈，你不用着急。”我看看他，浑身都透着清爽干净，英俊帅气扑面而来。

爱美之心人皆有之，服装就是这种爱心的表达。世界上几乎每个有条件的女人都重视自己的服装。我们的服装就是在这个世界上时刻公开的宣言书：我们怎样生活，怎样设定自己的身份，怎样看待世界和自己的关系，怎样展现自己最美的一面。爱美，用服装表达这种美，是我们人类的特权。况且只有我们人类，才可以用服装作为日常的美的表达。

街上不流行红裙装，我却有两套红裙装，还从来没有成套地穿过呢。

粉紫色的衣裙

两年前，我突然开始喜欢粉紫色的衣裙。多年来一直黑灰的我，那天在 Lord & Taylor 服装商场里看到一件粉紫色的短连衣裙，式样非常简单，无袖、圆领，是真丝的，很昂贵、很娇嫩地挂在那里，让人好生爱怜。这样的裙子，只有杰奎琳·肯尼迪配穿，这是我的第一个想法。第二个想法是，为什么不试一试？于是我从架子上拿下裙子，同时还拿了一条暗金色同款的，走到试衣间，换上，想看看自己配不配穿这样的裙子。

我看着镜子里的人，那是另一个女人，一个恍若从六十年代里走出来的女人。优雅、经典、女性气质十足，我看着她，足足有三五分钟。我问她，你要买这两条裙子吗？她点头。从 Lord & Taylor 出来的时候，提着商店给我的大纸袋，里面装着这两条连衣裙。

我穿着这条粉紫色的连衣裙去了意大利，在罗马大街小巷漫步的时候、跟别人聊天的时候，会有人请我喝酒。还遇到一个潇洒的男人，他没有看到老伴就在我的身后不远的地方，开玩笑地对我说："忘掉你的丈夫吧，就在罗马逛半天，干嘛不享受罗马的酒和罗马的下午？"他的意大利口音如音乐，飘在下午的空中，我大笑，回头看看老伴。老伴点头微笑，我感叹："这可真是在托斯卡纳的艳阳下啊！"《托斯卡纳艳阳下》是美国女作家弗兰西斯·梅耶思（Frances Mayes）的小说，2003 年拍成同名电影。老伴解释："这是你的粉紫色的连衣裙在起作用。"我看看自己的裙子：真的？粉紫色裙子的魅力？

去年在中国，我在北京大栅栏口的中国丝绸商店里买了三米粉紫色的丝绸，是减价处理的料子，非常便宜，本来想找个裁缝做一条连衣裙，可是，在中国居然找不到裁缝。这块料子也跟着我回美国来了。一天下午，没事做，拿出剪子，裁好裙子后，不会使用缝纫机的我，干脆用手缝，三个小时后一条长裙子就做好了。今年我穿着这条裙子回到了中国。七月在时尚廊举办我的新书发布会，当时穿的就是自己用手缝的这条长到脚面的裙子。面容苍老的我，用柔软的料子、粉紫色的温情，表达对青春美好的向往。

上个周末朋友从加拿大来玩，住在我这里。我去市场买东西，准备迎接他们的到来。顺便去了百货商场，一进门就看到一件粉紫色的无袖薄毛衣，挂在架子上。我立刻走了过去，拿下来看，原来是百分之百的澳大利亚羊毛，细纺、针织，难怪看起来那么华贵。羊毛制品、丝绸制品与纯棉制品的根本区别就是羊毛和丝绸制品有一种潜在的高贵。我看看牌子，“Cynthia Rowley”，不是特别贵的牌子，我却是喜欢这个纽约女人的设计，拿起来，走到柜台，交了钱。

买衣服可能是每个女人都具有的激情之一，我很少见到不喜欢买衣服的女人，这在某种意义上让一个女人成为女人。通过买衣服，一个女人实现了成为女人的过程，买衣服是女人“分内”的事情。一个爱买衣服的女人没有什么可奇怪的，一个不喜欢买衣服的女人可能倒是奇怪的。

我跟好朋友们一起玩，我们都非常喜欢做的一件事情就是逛服装店。读研究生的时候，常常跑到服装商场里挑一大堆衣服试穿，彼此观赏、赞美，最后把衣服都放在试衣间里回家。那时我对这样的形式觉得非常新鲜，因为，在我出国之前国内还不流行这样试衣服，这种试装形式让我看到穿不同衣服的自己，有不同风格的可能，让我欣喜异常。前两天我的一个朋友还说，他的太太最大的爱好就是买衣服，买之多，多到很多都没有穿过一次。女性为什么都这么热衷买衣服呢？

买衣服的过程其实就是想象和塑造自己的过程。衣服从来都不仅仅是为了保暖而存在的，对女性身份的想象与衣服的关系是相当直接的。我的外甥女小米芽很小就喜欢粉红色，她的房间里几乎每样东西都是粉红色的。以前每次给她买裙子，问她要什么颜色的，粉红色！前几天跟我的好朋友聊她的一对双胞胎，谈及她的女儿，她说，“啊，她非常喜欢粉红色，总是喜欢美。”

喜欢美、喜欢在镜子前看另一个自己，是女性的天性吗？几年前我跟老伴到比利时根特城看望好朋友伊歌，我给她的女儿带去的礼物是一件粉红的小连衣裙。这个金发碧眼的小女孩，看到这条连衣裙，立刻要求穿上。那天天气不太热，这条裙子穿起来可能会有点冷，可是这个五岁的小女孩非穿不可，结果我们把这条裙子套在她的衣服外，她高兴地跟我们一起在根特城里古老的街巷中散步，一路自己唱着弗莱芒语的歌。我不懂德文，也不懂弗莱芒语。问她的妈妈她在唱什么。我的朋友说，她在唱穿着新的粉红裙子她是多么高兴。

我在中国参观过周口店的山顶洞人博物馆；在美国参观过本土印第安人的博物馆；在南美洲参观过玛雅人的博物馆，在这些博物馆里，都看到女性的项链装饰。这些项链总是让我想到服装，忍不住地想她们穿什么衣服呢？也许她们穿的衣服都很简单，但是在衣服外，这些女人都在戴首饰——耳环、项链，装饰自己。爱美，是女性人生中关注的主要内容之一。

2011 年夏天我在台湾，当地生产一种粉紫色的宝石，非常著名。我们在台东花莲的时候，参观宝石博物馆，那里的宝石非常昂贵。第二天参观太鲁阁本土人居住的山谷，有太鲁阁人在草棚下卖纪念品，我看到卖的粉紫色的宝石耳环，价钱却相当便宜，我买了两对不同形状但是同样质地的耳环回来。现在穿我的粉紫色的衣裙的时候，有两对耳环可以相配，戴上耳环、套上我的新毛衣、穿上银灰色的裤裙，在屋子里美来美去。老伴看我的样子，过来摸摸我的头：“为粉紫色发烧了吗？”

小女孩喜欢粉红色，大女孩如我转向粉紫色，好像重归童年时代或许有过的梦想。童年的时候母亲给我们四个女孩子都做了一条同样布料的连衣裙：白色的丝绸上有粉红色的小圆点。四个女孩子穿着同样的裙子，如同四朵鲜花一样。也许是从那刻起我开始喜欢粉色，只是我没有机会彻底表达自己对粉红色的爱好。如今，我投入在粉紫色里，粉紫色的短裙、长裙，粉紫色的真丝上衣、毛衣，粉紫色的宝石耳环、珍珠项链，粉紫色的唇膏，甚至一双粉紫色的皮鞋。把自己包裹在粉紫色里，享受粉紫色给我带来的快乐与鲜艳。

买衣服买的是想象

写了一个条子贴在冰箱上，提醒自己：不买衣服了。显然是因为自己总是忘记，特别是一进服装商店就什么都不记得了，比如 Lord & Taylor——我原以为只有纽约、华盛顿等东部大城市才有。我写过好几篇文字，都是关于这个大服装店的，我实在太喜欢了，这是美国现存的历史最悠久的服装店。价位比萨克斯第五大道要便宜得多，质量比梅西店好多了，而且这个店减价大卖时总是有好东西。

没想到这个城市也有这个店，我对老伴说："我满足了，这个城市有这个店，我还需要什么？"老伴也跟着点头："有 Lord & Taylor，你还需要什么？"知我者，老伴也。

搬到新的家，把衣服从箱子里拿出来，一一挂在衣间里，更加意识到衣服真是太多了，从来没有想到有一天我会有这么多衣服。及膝短连衣裙居然有二十多条，长连衣裙就不能数了，好在此刻都在箱子里，不在眼前，就不算数吧。

这些裙子都是上课时穿的，以上课的名义买衣服，就觉得名正言顺了。我买的都是减价的衣服，不减价不买，无论怎么喜欢，都得等减价再买。有一次在 Lord & Taylor 看到一条银色的真丝绒的连衣裙，美极了。我天天跑去看，等它减价。后来终于打折了，还是打半折，我简直如哥伦布发现新大陆一样惊喜！

上个星期从商店回来，又买了一条短连衣裙，黑白两色，是“Tahari”——不是贵牌子，却是一个我喜欢的职业牌子，Aurthur S. Levine 设计的。回来后，立刻给自己贴了条子，提醒自己：“不要再买衣服了。”也对妹妹说：“我不再买衣服了。”妹妹不听我的：“买衣服有什么错，高兴就买呗。”我自省：衣服太多了，我们真的需要这么多衣服吗？

可是今天又买了一件看起来很有中国特色的衣服，其实不是中国而是有南亚特色图案的短连衣裙，是“Maggy London”的产品。这个公司就在本城，专门设计女性短连衣裙，设计师是 Adam Yankauskas。“Maggy London”的特点是紧身、舒适。

一进商店，我就看到了这条裙子，拿到手里，连试也没有试，就交钱了，我买东西就凭第一眼，买的理由：下个星期我要组织全校中秋晚会，穿这条裙子，有中国文化感。

回到家给老伴看，他说，“我记得你上个星期说……”我赶紧堵他的嘴，不要他说，不想听到提醒。

我们为什么不停地买衣服呢？其实买衣服，买的是对生活的想象。虽然不停地提醒自己不再买衣服，可是我不能停止对生活的想象，于是衣服还是源源不断地来到家里，成为对自己和生活想象的一种表达。

自责吗？有一点，但也不太自责。趁着自己还能穿这些好看的衣服，快快买。有一天当我不能再穿这些衣服的时候，才不会后悔。

是啊，花开堪折直须折，莫待无花空折枝！

女人的包

某个博友在她的博客中写到，最近买了六个意大利名牌包。我看了微笑，亲爱的朋友，我根本不明白为什么一些女性，包括你，喜欢买各式各样昂贵的名牌包。我一个朋友的弟弟是甘肃的某个“油老板”，如今开采石油的人，赚钱很多，他带着新太太来到北京。这位新太太逛北京的商场，买回家的只是一个包——路易·威登，两万块钱。我没有见过也没有可能见到挎这只包的女性，不过我猜两万块的包挎在身上，一定能增添很多风度，能让自己显得十二分地雍容华贵。可是不知为什么我想像时，总觉得她实际上是个村妇型的女人，黑红的脸庞配上一个路易·威登包，就是真包也显得像假的，这纯粹是出于我的想象。

为了让自己显得富贵而挎一个昂贵的包，实在是我不能理解和无法想象的。也许因为挣钱不多的原因，我在巴黎市中心的路易·威登店前看了几眼，就离开了，连进去看一看的愿望都没有。老伴问："你不进去看？"我摇头，"没兴趣。"我们继续手拉着手在巴黎的大街上逛，他的大手更紧地握着我，我能感到他的理解和几乎不必多说的欣赏。

在东京的大街上我看到几乎每个日本女人都带着精巧的小包，给她们娇小的身躯增加了几分妩媚。日本的女人个个都打扮得精致、漂亮，让我这个不修边幅的女人看得眼花缭乱，几乎爱上了每一个日本女人。在她们讲究的衣着下，最引人注目的是包。因为我不知道名牌包有些什么，根本没注意这些包的牌子。不过那是我第一次对女士的坤包有强烈的印象，并开始理解"A good handbag makes the outfit"的真正含义。是啊，我对自己说：好包才衬出好衣服来，真的是啊！

可我还是不理解女人为什么要花很多钱买名牌包。包的作用不就是要跟衣服搭配吗？色彩、形状和气质的搭配。一只再华贵的包，跟衣服不搭配，也会显得很突兀，好像是女佣偷着戴了楼上女主人的珠宝，名贵的东西并不是每个人都适合的。一次在北京三里屯的一个大的商店外，我遇到一个浑身华贵装饰的女人。那天我去给朋友买中国丝绸围巾作为礼物，去早了，就坐在外面的凉茶棚下喝椰子汁，等商店开门。她走过来，坐到我的对面，也等那个商店开门。她大概五十岁出头，身材开始发胖，衣服都包不住。她穿着那种流行的太太服，七分裤，圆领衫。花团锦簇，珠光宝气。我跟她搭讪，她一张口，我突然意识到，就算她穿着绫罗绸缎，戴着大钻戒，也有一种天生浑不吝的态度。我大乐，好像一个激动的故事就要开始了一样。

她说是来买包的，她喜欢买各种包，这个店有很多出口的女士坤包。我这才注意到她的手包，金光灿灿的，倒是很好看，小巧玲珑的。可是被她拎着，不知为什么我就觉得那只包在她手上不伦不类，如同傻大姐把林黛玉的荷包偷出来似的。

我这完全可能是阶级偏见、或教育偏见，也可能是出生贫穷的背景造成的，对讲究名包觉得麻烦。不就一个包吗？不就是为了方便带东西吗？要那么多讲究干嘛？我一直以为书包的作用就是把书放进去，然后背着它去上学。坤包的作用就是装钱包、眼镜、钥匙什么的，当然可能还有纸巾以及其他的小东西，比如冬天嘴唇涂的防裂的凡士林膏，在中国，还有公共汽车的月票或现在的交通卡。我看包或用包，属于实用型的，没有对包的各种想象。

可是这几年来，我慢慢地在转变看法。也许是因为女性坤包成为时尚对我有潜移默化的影响，也许是各种名包有了仿品之后，买包的多起来了，我看到的包也多起来了，渐渐地也接受了包的概念。在美国的百货商场里，大多有很大一片卖包的区域。我很少到那个区域去看，可是它的存在逐渐让我开始关注了，有的时候，我还会在各种包的架子前站几分钟，看一看，学习学习。

当然改变我想法的可能还是可可·夏奈尔的电影，了解了她的成功史，我才意识到，原来这个开创服装新时代了不起的女人，就是做帽子、做包起家的。当然，她的时代，女性都戴各种夸张的帽子，再带上耀眼的包。我们这个时代，谁要是戴那样的帽子，准是要去参加化装舞会，不然就是神经不正常。奇怪的是，这个时代女性仍然带着装饰纷繁的包。这几年来，各种伪古典的、装饰纷繁而金箔闪亮的包成为时髦，也许是复古潮的又一排浪，复杂的包很流行，我却一个都不喜欢。

我喜欢简单的东西，对于包，也不喜欢有纷繁的装饰。2010年在天津，我跟着学生一起逛天津小商品街，我从来没有见过这么多种类的小商品，很多东西都不知道到底有什么用处。天津的小商品街透着当地的市民气质，让我不由得欢喜，我喜欢那份生龙活虎。在专门卖包的店里，我看到一个红色的小包。那种红是透明的红，有着闪耀的光芒，却不是艳红的，而是如红樱桃一样，鲜嫩、娇媚、可喜。我拿着小包越看越喜欢，没有任何装饰，非常简单，颜色也如此娇嫩，我不知自己是喜欢这个红色，还是喜欢小包，总之，我从这个包店出来的时候，居然买了两个一模一样的小坤包。

我带着这只小包，突然就显得相当有女人气质，平添了几分温婉和柔美。暑假过后回到美国，无论到哪，我一直带着这个包。果然不出乎意料，在哪儿都有人问我，“啊，这么漂亮的包，哪里买的？”心里很得意，表面上却笑笑：“不是名牌包，是在中国买的。”我在纽约的大街上穿着白色的短连衣裙，带着这个红樱桃色小包，居然被人叫住，问我何处能买到这个包。我大喜，在家里两眼发直地想象，我是否应该在美国开一个女性包店？我买的包如此受欢迎，或

【女人·生活】

今天我活呼吸着，感觉着，思考着，就是幸福的；

让每一天都激情地生活，有情绪地生活，大笑地生活；

就是哭，也哭个昏天黑地。

没情绪的人无聊，没激情的人平庸，

没大声地笑和失声地哭过的生活等于白活。

许可以专门买包、卖包，想象很多人都会挎着和我买的包，我会挣很多钱，想着想着，好像看到我的包店一家接一家地开张，我慢慢地成为“沈奈尔”也说不定。云雾缭绕，正想着的时候，老伴问我几点开饭。因为沉浸在开包店的幻梦里，忘了去做饭。立刻起来去厨房，愤愤地想，如果我是“沈奈尔”，肯定连饭也不做，虽说我是喜欢鼓捣饭的人。

开包店估计没什么希望。那些爱买名包的人或有钱的人是绝不会到我这里买包的，因为我卖的包大概都是假包。我从中国买来的包有多少不是假的呢？记得几年前在杭州或者上海的某个地方，我在市场被卖包的一个小伙子叫着，跟他走进一个狭窄的楼梯，摇摇晃晃地走上楼，推开门一看，里面居然坐着一个金发女郎，她才是真正卖包的服务员，热情地向我介绍各种以假乱真的包。我拿起假装看，因为并不懂真包与假包的区别。我看了一会儿，走了出去，什么也没买。我想她一定看得出来，我不懂包。

我不懂包，也没有买过任何名牌包。大学毕业的时候，被分配到了水电部。去单位报到，我带的是大学时候背的大包，那是八十年代初我姐姐的单位发的那种黑色的合成革的大公文包。现在想来，那个包很大，装两台笔记本电脑都不成问题。我的包里面什么都没有，大概就是一支钢笔和一个简单的钱包之类的，不知我当时背那么大的包干嘛。后来我觉得这个包挤公共汽车实在不方便，那时公共汽车常常把人挤得掉下来，于是就买了我的第一个女士包——一个合成革的土黄色长带小坤包，我完全不记得自己在哪里买的那个包。用了几年，有了孩子之后，我觉得包太小，不够用，又买了别的包，就把它扔在家里了，要不是二十年后我又看到那个包，一定早把它给忘了。

我是在波士顿机场看到那个包，挎着二十年前的旧包的女人是我的母亲。在机场接她，来我在缅因州的学校玩。她从休斯敦飞过来，我站在机场的大门外，好像很遥远地看着她走出来。她身材微胖，穿着黑色的呢子大衣，斜背着那个小包。没有看母亲的脸，愣愣地盯着我非常熟悉的、如出土文物一样的包。对母亲说的第一句话是："天！您怎么把这个包带到美国来了，搬了这么多次家，你居然没有扔？"

母亲看了我一眼，又看了看包："我来美国，找不到别的包，就顺手把它用上了。这个包怎么了？拉链都没有坏，好好的，还可以用。"母亲很平淡。可是那一瞬间我却百感交集。

母亲没有虚荣心，多年简单的生活让她生活得非常朴素，她也并不以此为耻。多年来我是不是也是这样受母亲影响的？但看到母亲把这个二十年前的旧包斜挎在身上，还是觉得简直无话可说，我有点气急地说：“您省什么钱？省钱有什么用？”我常常跟母亲辩解，“生命太短了，不值得省钱。”话虽然是出自我的口，但其实我也不知道怎样乱花钱，总觉得这个世界上我需要的东西不多。

我没说出口的也许是，虽然母亲一辈子也没有找我要过钱，但自己没有主动给母亲太多的赡养费，为此总是不安。我总是想方设法把稿费等等都给母亲，我知道钱虽不多，却是让母亲高兴的，好像白给的钱一样。可是来美国我一直读书，没有机会给母亲钱。

母亲背着那个小包，跟我去参观美国作家马克·吐温故居。因为门票十四美元，她坚持不进去。母亲说：“我又不懂这个人写什么，进去没有用处。你跟岸岸进去吧。”我拗不过母亲，便进去参观了，从马克·吐温起居室的大落地窗外，看到在树下等着我们的母亲，她还是背着那个破旧的包。春天花开灿烂的时刻，看着窗外没有注意到我的母亲，她站在那里显得很茫然，我的泪水一下子涌了出来，从马克·吐温的故居跑出，给母亲买了票，强迫她进来。母亲对马克·吐温没有兴趣，我却好像“报复”一样偏要她看马克·吐温是怎样生活的。母亲好像小孩子一样跟着我，听我讲马克·吐温的生活，斜挎着小包的她看起来像是一个小学生。

那个包跟着母亲又回到中国。

我在美国快二十年了，几乎没有买过几个坤包。一次回国前，我想给二姐买个礼物，就到商店买了同样牌子和颜色的两款包，紫红色的。我把包带回中国，二姐不喜欢，说她不需要，我就带回来一个，想到妹妹有孩子，需要一个稍大的包放东西，就给了她。

我自己呢？最近这七八年来，每次回国，都买一个小包。回的时候总是忘了随身带一个包，所以一到中国我就买一个小包。一般也就是几十块钱。有的我带回美国，也不怎么用；有的就留在北京，我回去的时候再用。可是我每次回中国都忘了曾经买过的包，忍不住就会再买。2011 年我花了二十五块钱买了一个粉色的小包，一直在中国用，很方便。

我最贵的包是妹妹送的。妹夫的大学同学现在是北京某大医院的主任，妹妹回中国，这位主任的太太送给她一个上千块钱的小包。我看到后，赞不绝口，妹妹就把东西倒出来，把包递给我说，“你喜欢就给你吧。”我带着这个包上下班，只受过一次赞美。2009年我跟姐姐逛红桥市场，买了一个粉紫色的小包，是假冒的D&G，回到美国后，我倒是遇到过好多人问包是哪里买的。因为这个包非常适合我，用它来搭配粉紫色的长连衣裙。我挎着这个包去意大利，在大街上遇到一个英俊的意大利男人，他极力赞美我的包。我大笑，告诉他这是意大利名牌D&G的仿制品。这个男人看着包大声叫唤：啊，假包做得跟真包一样！

2008年我在中国买了两个假的Gucci包，一直放在箱子里，最近才拿出一个来用。同事看到了，也以为是真的。我给她看这个包假在哪里，她说：“谁在乎，你的包很好看，跟你的鞋很搭，就足够了。”我点头，赞同她的观点。

这就是我对包的观点：好看、能用、跟衣服和鞋搭配，就足够了。我很喜欢名贵的真包，却不想花很多钱买。背着我的非名牌包，我很快乐。不管是名牌包还是非名牌包，只要是它能发挥一个包的功能，就可以衬出美丽！可是那么多女人，为什么花那么多钱买所谓名贵的真包呢？

鞋：必须具有美德

如今流行尖头鞋。那样的鞋，怎么都觉得难看，穿这样鞋的脚似乎是螃蟹盔甲的两只前螯，时刻准备防御或狠狠地出击一样，平白地就给这个人添了霸气。

再说，女人的脚本来是美的一部分，应该是衬托整个人的基石，一个人服装是否和谐，最后就看鞋是什么样子的了。可是如果脚底下的鞋如同两只尖尖的钩子，人没到脚前的钩子已经到了，不仅让脚显得长而瘦，而且极具有进攻性。

我看见很多女人穿这种流行的尖头鞋，很奇怪，不明白她们怎么想的：这样不雅致的鞋子，不具备美德的鞋子，怎么人们还会买？

鞋要具备美德，脚下的鞋与穿在身上的衣服不一样，衣服可以没有美德，只有美感。衣服可以不具备保暖功能；腰身紧了，可以紧绷着肚子；袖子窄了，胳膊挪动不自由，但整个衣服看起来漂亮、性感、有吸引力就行。穿在脚下的鞋就不能完全以美感来考虑——虽然美感是一个很主观的概念。只具有美感的鞋，不是用来穿在脚下的，那是一种欣赏品，一种艺术品，只是属于鞋中特殊的类别。比如昂贵的 Manolo Blahnik 鞋，每双每只都好看，连照片图片都好看，就是不能穿着走路。电视剧《性和城市》里的主人公凯瑞总是去买这个品牌，穿着走路。事实上，演员在一个访问记里谈到，穿这种鞋连三条街也走不了。这种鞋是摆在那里好看的，而作为艺术品的鞋，是另一个话题。

我所说的鞋是日常生活里穿的鞋，这样的鞋必须具备美德。美德这个概念有两个方面：第一是美，第二是德。美，是好看，是愉悦，让人眼睛一亮，让穿者和观者都心花悄放。德，是这种鞋充满善意，对穿者的善意，使之不觉得难受；同时也对观众的善意，不会像用刺刀一样的面孔威胁过路的人。我认为一双好鞋必须具备这样的美德，无论是高跟鞋，还是平底鞋，看起来让人难受的鞋，就不是好鞋。

我比较喜欢自然风格的鞋，因此喜欢勃肯（Birkenstock）牌子的鞋，这种鞋舒服自然，透露着美国六七十年代的文化。那个时代，没有一双Birkenstock，就算不上是文化时尚的弄潮儿，也就是嬉皮士。八十年代，很多医生都穿这种鞋，这是很奇怪的一个现象。医生们用穿这个牌子的鞋表明他们是一个特殊群体，我也觉得医生穿这种鞋很好看。老伴无论春夏都是 Birkenstock 拖鞋，上班也是如此，用鞋表达他那一代的时代精神，我因此对这种鞋的文化意义有所了解。九十年代的人，都穿上了这种鞋，宣布这个品牌归这代人所有，所以现在 Birkenstock 鞋代表了新一代。

我虽然喜欢这个牌子，却一双都没有，因为我的脚不是宽松型的。多年前每天跑步，把脚跑得后跟疼了，有一年左右的时间，我必须到足科医生那里打针。医生建议穿法国的马飞仕图（Mephisto），说脚底垫做得好，能减轻我脚的疼痛。于是开始买，我非常喜欢 Mephisto 牌中的 Helen 款，我的鞋不是 Helen 褐色的，就是 Helen 红色的。十年过去了，我一直都在穿这种鞋，脚也不再疼了。

因为不喜欢自我折磨，我不买高跟鞋。仅有的两双高跟鞋，一双是黑色的——好朋友送给我的，她是女性内衣的专家，对性感有很多研究，这双鞋是她给我的结婚礼物。我带着这双鞋去巴黎著名的“西尔维亚海滩书店”里度蜜月。晚上在房间里读文学书，怀念普鲁斯特；白天在海边散长步，这双性感十足的鞋却没有机会展示。后来我也没穿过，实在是没有机会。另外一双是金色的，细小的高跟。金色的鞋有一种特殊的光辉，看起来好像是灰姑娘的水晶鞋。我穿起来，自己都觉得女性气质十足，很有魅力。这双鞋是我结婚的时候在婚礼上穿的，配的是我的金色锦缎旗袍，作为人生的纪念物，一直跟着我。不过想来，这双鞋我穿过也不过七八次。多年来，我几乎把自己的鞋都捐献或扔掉了，这两双鞋，尽管一直在我的身边，但却是在塑料箱子里藏着。

七十年代末，在女性解放的浪潮中，一些人认为高跟鞋是社会对女性的束缚、男权的阴谋，他们让女性穿上这种鞋，不能行动，不能做自己要做的事情，只能站在那里，仅能做男性的性对象，所以很多人反对穿高跟鞋。高跟鞋因此成为服装文化批评的一个热点。直到今天，美国的报纸还经常有这种评论。本月刚刚出版的新书《坏鞋以及热爱这些坏鞋的女人们》，作者 Leora Tanenbaum 是两个孩子的妈妈，在书中讲述高跟鞋跟自己的关系，分析高跟鞋的危害。我在电脑上看她的新书发布会，她讲述：随着年龄的增长，女性的脚会变化，长期穿高跟鞋就会损害脚的骨头和神经，导致各种疾病。她并不是反对一切高跟鞋，而是反对三寸以上的高跟鞋。她认为美国那些专门穿高跟鞋的女人是没有头脑的，“你不得不认为美国女人买鞋的时候把她们的头脑给关上了。”她说得我直笑。

美国批评高跟鞋的文化已经有很长时间了，很多人包括医生写文章论述高跟鞋的害处（我猜这也是很多医生们选择穿 Birkenstock 的原因之一）。诸如《为什么高跟鞋对你有坏处》的文章在网上仍比比皆是，高跟鞋被称之为“危险的优雅”。2008 年秋冬在纽约的时装表演上，一些模特的鞋跟高到七寸，结果好几个模特都摔倒了，扭伤了脚脖子。有些模特不愿穿这种鞋，看见这种鞋都哭，可是模特的职业就是表演，上台扭伤了脚的事情时有发生。这样的事情在《华盛顿邮报》上有很长的报道，再次引起很多争论。

过于高的鞋不具备美德——只有美，而没有德。所以我主张每个人根据自己的身材和身高选择鞋子。

美国总统奥巴马的太太米歇尔个子很高，她的鞋一般都是平底或有一点小跟的。刚刚到中国访问的法国总统夫人卡拉，据 BBC 报道说她把时装带到了中国，她的个子也很高，我看她的鞋子，也都是平底或小跟的。这两个高个子的第一夫人，显然都会买鞋。

其实高跟鞋有的人穿上很好看，特别是对个子矮的人来说，一双高跟鞋会让她的自信增加两寸也说不定。《性与城市》里扮凯瑞的演员个子实在太矮了，穿上高跟鞋让她显得高一些，就更好看了。可惜的是那是电影或者电视，在生活中，凯瑞的扮演者有两个孩子，恐怕不能时时刻刻穿那么高的高跟鞋。我的朋友萨宾娜个子很高，也喜欢穿高跟鞋，可是跟别人说话的时候总要弯腰，我就觉得还不如不穿高跟鞋，但是她不听我的，她说，高跟鞋让她觉得自己十分性感。我看她的鞋，也觉得性感，点头同意。可是再看看她站在那里弯着腰，我就宁愿只看她的脚了。所以，我觉得一般中国女人比较适合穿高跟鞋，因为个子不高，身体不重。我最怕看高大胖的人穿高跟鞋了，简直是让自己和观众都受刑，实在受不了。

鞋跟越来越高的时代

大都市的女人会紧跟衣装潮流，我于是有机会观察时装潮流。几周前去一个时装展览，让我最惊异的不是那些乏善可陈的时装，它还不如 2010 年我在天津看的时装学院的毕业汇报，但是面无表情的模特的高跟鞋真让我开眼界，对她们来说，走路可真是技术活，要保持平衡，可真需要长时间的练习。

这样满台毫无新意的时装，激发了我对时装设计师的兴趣。于是我走到后台，想看看这场时装表演的设计与指导，原来也是一个鞋跟有十厘米的女性，三十多岁，一身黑衣服，鞋是银色细跟的，她站在那里指挥，基本不走路。我印象深刻，时装表演不怎样，但这些鞋跟的表演，如杂技团，表演的人辛苦了。

周末跟朋友在都市内的一个露天餐馆吃饭，正好走过来一位不算瘦的女性，鞋跟也得有六七寸，我忍不住举相机从后面照下来，穿这么高跟的鞋还可以走路，真是技术之极。

走路成技术，也许是这个技术时代的标志。

我想起多年前女权主义者们，为推翻高跟鞋而做的努力。七十年代末，那一代年轻的女权主义者们宣布高跟鞋对身体不好，会引起各种疾病，女性不应为适应固有的“美”的标准而强迫自己穿很不舒服的高跟鞋。身体解放，首先是舒服，其次才是漂亮。即使是审美，也不是用男性的标准，而是女性自己觉得美就成。我坦白地承认我好恶衣装的原则：舒服和美丽，不为别人着装，穿不同的衣服是为自己高兴。

现在年轻一代女性喊口号说，穿高跟鞋的也可以是女权主义者。我不反对，因为不管穿什么鞋都可以为女性的权利奋斗，只是这样的口号没有什么意义。但我相信一个人的鞋跟高到需要技术才能走路的时候，她的智商一定没有那么高。校园里到处都是女孩子，看看学习好的，有几个时时刻刻穿高跟鞋？

当然，高跟鞋派会说，女权主义强调女性必须有选择的权利，她们想穿什么就穿什么，喜欢高跟鞋，就可以穿高跟鞋。我同意，可是别忘了，在这个世界上，我们想做的事情，有多少是“我们想”的，其实是意识形态替我们想的。那些以为穿高跟鞋是个人选择的观点，没有看到人的选择其实不是个体的，而是集体的，但集体的选择是一定的意识形态决定的。

七十年代女权主义者为鞋跟发起争论，发表了很多文章，也出版了很多书，一代女性以解放自己的身体为目标。四十年过去了，时代轮回，女性的解放似乎也到了尽头，能解放的都解放了，美国女性在一切方面都被教育与男性平等，实现这些目标也许就是时间问题了。看到高跟鞋再次流行，让人忍不住有虚幻感：人类从来不会从历史里吸取教训，因为人类几乎没有历史记忆。历史记忆是学来的，不学习历史，怎能有记忆？

自己缝衣服

回国近两个月，我想趁在中国的时候，找裁缝做几件裙子。那天我带学生去大栅栏，顺便就在瑞福祥丝绸店里买了一块丝绸，想做一条裙子。实话说，中国的服装真够贵的，一条丝绸连衣裙至少在五百块钱以上，很多衣服都是一千块钱以上。这样的价位，我付不起。我的裙子和衣服，通常不会超过三十美元，等于二百多块人民币。中国的服装之贵，到了我都不需看的地步。我以为买料子找裁缝做，会便宜一些。

手里拿着料子，才突然发现中国的裁缝以及裁缝铺，在这几年之内已经蒸发了，满街都找不着。我自言自语，大声地问：裁缝都哪里去了？那些温州的裁缝——通常带着自己姣美的太太和三四岁的孩子在大街上搭一个小门脸，他们一个都不见了。不仅北京，天津也是如此。

裁缝铺不见了，我倒是发现了“缝扣子铺”，跟裁缝铺相像，不过只管缝扣子了。我纳闷：现在的人们连扣子都不会钉了吗？我问天津师大附近的一个扣子铺的老板：“裁缝哪里去了？”他抬头看着我，以为我是外星人，反问：“现在还有谁需要裁缝？”我纳闷：“那老百姓做衣服怎么办？”“做什么衣服？”“比如裤子啊，裙子啊。”他摇头：“现在人人都买现成的衣服，没有做衣服的了。要是做旗袍什么的，也得到布店的裁缝那里。时代变了！”他大声地感叹，很有诗人的气派。

我愣在那里，看着手里提的装着那块丝绸的塑料袋。丝绸是一色重磅的，拿在手里沉甸甸的。我只想做一件极为简单的裙子，可因为裁缝们的消失，看起来快成为一个不可及的梦想了。不达目的不罢休。朋友丽梓来天津看我，我要她跟我一起找裁缝去。两年前她来中国，我们两个就在秀水街的布店做过衣服，她做了八件衬衫，我做了一条裙子。对找裁缝店，她轻车熟路。

那天下午四点多，听朋友采采的指点，我们打的在海河边上找裁缝。

赶到那个卖布的大楼，一切都显得很荒凉，到处都是洋灰和尘土，不像布店、裁缝店的环境那么整洁优美。我们走进大楼，好像走进了非公莫入的某个没完工的大楼一样，心里未免有点胆怯。

丽梓没有我勇敢，觉得此地危机四伏，我却勇敢地爬楼，弄得浑身冒汗，发现这个地方基本处于半施工、半卖布料的状态。有两三家布店，挂着旗袍等大红、大绿、大金色的样品。

我问，“做裙子吗？”“做。”“用我的料子，手工费多少？”“不做，只用我们卖的料子做。”

碰了一鼻子灰，我们快快地从大楼里出来，我的料子还在手中拿着。

回美国的时候，我不知道该怎么处理这块料子，在美国我更没见过裁缝了。这该怎么办呢？扔掉舍不得，没办法，只好把它塞进箱子里。回到家，打开箱子看见这块料子，我又把它扔到一边。前几天到妹妹家去看望他们，突然想，妹妹有缝纫机，我可以自己剪裁，让她用缝纫机替我缝上（我不会用缝纫机）。到了妹妹家，她正在搬家，布置新房子已经把她折腾得腰都伸不直。我去目的是助她一臂之力，就不好意思让她给我做衣服了，何况是一件无所谓的衣服。

在妹妹家待了一个多月，要回我自己的家了。临行前，她决定帮我把裙子做上。我拿起剪子，几下子就把裙子裁出来了。她把电动缝纫机摆好，天色已经晚了，我坚持让她去睡觉，等明天再弄。第二天我起床的时候，看见妹妹已经起来在给我缝裙子了。她居然用手缝，问她为什么不用缝纫机，她说，缝纫机太麻烦了，手缝得快而准确。我看了看说，既然这样那不如我自己缝，让她赶快去上班，下班送我到机场。

我接过裙子，缝了起来。米芽和博纳起床，看到我缝衣服，他们都感到有一种特殊的温馨甜蜜。因为料子有富余，我对米芽说，也给她缝一件。米芽很激动，立刻给她的朋友打电话，极度自豪地说："我告诉你吧，我姨妈会缝衣服，她现在正在用手缝，一会儿还给我缝一件呢。"看米芽的神情，我简直是天下第一的裁缝。

坐在椅子上缝，脑子却迅速开转，一下子转到我是米芽的年龄。我记得自己第一次缝一件衣服，也是米芽的年龄。八九岁的我，带着妹妹在乡村的姥姥家过年。那时，乡村的妇女还是自己纺线、染线、织布。

我学会了纺线，拿着纺车跟自己同龄的小姨一起纺。她自然纺得比我好多了，也快多了。不过姥姥和小姨并不因此责备我，她们鼓励我，说我一天可以纺一两线呢！小姨则染线，织布。夜里我伴着织布机梭子的声音睡觉。乡下没有电灯，煤油灯下我看见小姨的身影，觉得小姨是世界上最会织布的人。她织的布，人人都说好。

布织出来了，各种各样的。包好几包，姥姥和小姨作为礼物给我母亲，还有就是给我们每个人新年衣服的料子。小姨裁好一条裤子，教我缝，缝一下，再倒回去缝第二下，这样结实。

我盘腿坐在炕上，借着窗户纸的亮光，居然用一天的时间，给妹妹缝了一条小裤子。裤子用的是藏蓝色带细条的自家织布。因为浆了，变得又厚又硬，不过一洗就会柔软多了。还因为是自家染的，掉色弄得我的小手都发青。仍然清晰地记得缝完裤子后我无比高兴，满满的成就感，逢人便说，我会缝裤子了！我给妹妹做了一条裤子！过年那天，妹妹穿的就是我做的新裤子。

我母亲是没有耐心的人，回到城里再也没让我做过任何缝纫。她自己实在能干，缝东西又快又好。我的手艺她别说看不上，连看都不看。我们这些女孩子的衣服都是她自己剪裁，自己缝的：夏天的连衣裙，冬天的棉袄和罩衣都是她做的。不知道她怎样无师自通，成了街坊邻里都赞美的裁缝。她没有耐心教我缝纫，宁愿自己干。我几次试着缝东西，都被她嘲笑说：兔子会拉车，还要大骡子、大马做什么？显然我不过是一个“小兔子”，她才是拉车的“大骡子、大马”，她担当全家的缝纫大业。

从缝第一件衣服，到缝第二件，悠悠岁月在眼前晃来晃去，好像电影的镜头。我的小姨已经去世十五年了，纺线、纫针、缝衣服，这都是她教给我的。同时她教给我的是做事情要有足够的信心，因此今天才敢拿起丝绸就剪，我完全相信缝出来的东西总能穿。

我在想，是不是也该教米芽呢，教她怎样缝衣服，教她做一个永远有资源的女人？将来有一天，当我不在这个世界上的时候，她会不会也如我一样，想起自己的姨妈，想起姨妈留给她的无形的遗产呢？

女为悦己者容

本学期开始的时候，我要学生读司马迁的《报任安书》，要学生讨论历史学家在中国宫廷也就是统治阶层里的地位，讨论中国文人对自己身份的想象和定义，讨论统治者与敢于直言的下属的关系，讨论这篇书信中的道德感、正义感和悲剧感。这篇文字，值得每一个中国的孩子背下来，它如一首充满激情，抑扬顿挫的诗歌。

“士为知己者死，女为悦己者容”，在书信的开篇，司马迁谈到友谊很重要，而他自己，并不是李陵将军的密友，却因为替李将军说话而被治罪。课上讨论的时候，我给学生讲解前半句话，他们是认同这种价值观的。友谊、合作、相互关心的团队精神是军校的基本道德之一。设想在战争中，他们必须用团队的力量取胜。友谊，是美国社会非常强调的一种文化。

而下一句呢？学生们则有的同意，有的不同意。“女为悦己者容”司马迁相信一个女人化妆打扮、讲究穿着是为了让喜欢自己的人高兴。对不对？有的人说对，有的人说不太对。过去的女人只能靠男人活着，所以只能靠维持自己的美貌来取悦爱自己的人；现代的女人不靠男人，也可以化妆和打扮，也可以只为让自己高兴。我点头。从历史进程和现代社会角度来看这句话，当然有不同的含义。

我打趣地问学生：“你为什么喜欢穿得漂亮呢？”学生笑：“老师，这里大家都穿得一样，谈不上特别漂亮。”我不同意，“我觉得海军军服很帅，很漂亮，男女孩子都很好看。”

其实我那刻想的问题是，无论男女，为什么我们都喜欢穿好看的衣服？穿得好看给谁看？衣服的根本功能是保暖，人类先天不足，毛发除了头顶之外，都长得不够长，我们没有如老虎一样斑斓的毛发，没有孔雀那么漂亮的羽毛。我们抗寒能力很弱，得穿衣服遮风挡雨，这是衣服本来的功能。但是，因为我们人类还有其它动物不具备的对美的追求和想象，于是，衣服就成了我们感情、想象力和对生活的梦想的表达。

女为悦己者容，这个悦己者可以是自己啊，当然也可以是她的爱人或爱她的人，包括亲人、朋友。换句话说，女人喜欢穿得美丽，装扮得漂亮，是为了爱，是为了得到爱和表达爱。著名的英国时装设计师Avsh Alom Gur在回答为什么服装如此重要的时候，简便地说："衣服使一个女人性感。"另一个时装大师克里斯蒂·迪奥说："任何时装都不是成功的，除非这种时装作为一种诱惑的形式。"（No fashion is success unless it is used as a form of seduction.）这两位时装大师的观点，加上司马迁的话，就是我认为的"穿得好看给谁看"的最好答案。

诱惑、性感、为悦己者，这三者是我们穿得好看的根本目的。关于诱惑，尼采说："生活就是诱惑。"我不能设想生活中没有诱惑，每个人其实都是被生活本身诱惑着，过着一天又一天的日子，虽然不是每个人都对此有清醒的认识和思考。我们被下一分钟诱惑着，被梦想诱惑，被未来诱惑，被他人诱惑。

诱惑让我时刻沉醉。一本好书是诱惑，一盘好菜是诱惑，一位好朋友是诱惑，而男女之间的诱惑更是一种高超的艺术。法国诗人波特莱尔说：“诱惑比性本身，要独到、庄严得多得多，诱惑要求高昂的价格。”性几乎是千篇一律的，而诱惑是独到的，有个性的；性是动物性的，而诱惑具有美学意义，有独到的庄严和神圣。性，连鲁迅笔下的阿Q都能直接跟吴妈说“我要跟你困觉”，而诱惑需要艺术，需要技巧，需要独特的、人性的魅力。服装就是我们“诱惑”世界的形式。看看Avsh Alom Gur的服装，件件都充满了让我们柔软的诱惑力。那是让人不由自主地跟着走的诱惑力，也是让人迷迷地感到生活不可言说之美的诱惑力。

诱惑和被诱惑都是一种美的艺术，我非常喜欢看二十世纪初期的画报，特别是二十世纪二十年代的女性服装。那个年代，不知为什么每个女人的衣服都好看，都穿得像艺术家。线条流畅，自然得如微风飘动，帽子和裙子成为一体，处处显出动感、飘忽不定、神秘而美丽的引诱来。

美国的二十世纪二十年代是爵士时代。爵士音乐的自然清新、随心所欲、即兴演奏等等是那个时代女性服装的精神。那也是美国文学的黄金时代，是西方经济的黄金时代。那个时候，一个文学女人的生活就是穿得极度时髦，在纽约的俱乐部里跟男作家们一块喝酒聊天，聊够了就回家写东西，如我极爱的诗人多丽丝·帕克（Dorothy Park）一样。我每次看多丽丝的诗歌，都忍不住去看她的照片。她是那么一个伶牙俐齿的诗人，聪明极了，她充满诱惑的服装和目光让我着迷，我被她以及她整个二十年代的服装深深吸引。

我喜欢的裙子仍然与二十年代的衣服有相似之处。

一次我在 Lord & Taylor 看到一条金丝绒的银灰色连衣裙，这条裙子飘逸的动感让我立刻想起二十年代的服装来。我手摸着如美丽皮肤一样光滑的裙子，爱不释手。可是看看价钱，吓我一跳。我想，这条裙子会不会降价呢？什么时候能降呢？ Lord & Taylor 有这样的习惯，新衣服一两个月后就会减价卖。我想象自己穿上这条裙子，就是穿上了整个优雅的二十年代。我把这条裙子拿到试衣间里，穿上后，左看右看。真丝的服装先天流畅，金丝绒非常贵美，因为颜色是银灰的，这条裙子就呈现出高贵的诱惑。从那天以后，我就成了这条裙子的窥视者和跟踪者。窥视是为了一饱眼福，跟踪是等着降价。为了让这条裙子早点降价，我忍不住站在这条裙子前祈祷：希望谁都不买这个样子的裙子，希望商店赶快降价！

功夫不负有心人，我的铁杵终于磨成了针。在我隔一两天来一次的目光注视下，几个星期后这个样子的裙子就真降价了。看到现价是原价的百分之五十时，我几乎不相信自己的眼睛，惊喜的程度胜过范进中举。几乎惊叫出来，不相信似的抓住这条裙子，冲到柜台，交了钱，心中是无比的快乐、无比的欢欣。

在过去有一段时间，服装完全丧失“诱惑”的功能。记得我小的时候，全民都穿一样的服装，男男女女、老老少少，都穿一样的粗布制服。就是结婚，新娘、新郎也都是深蓝色的套装，女式的似乎像西服，至少还有翻领，而男式的就是严肃的中山服，从脖子开始扣扣子，一直扣，扣得严严实实的。现在想起来，连新娘和新郎之间都不能表达诱惑和被引诱的美丽，当时人们是怎么看待婚姻和性爱的呢？有的，也许只是配对而已。一次，有个人对我说：“我们那时没有谈恋爱，见了面，觉得合适，就结婚了。”

“性感”一词在美国的生活中是一个很正面的词。说一个人有性感，是说这个人充满了魅力，特别是性的魅力。这是生活在西方文化中的男男女女都希望拥有的魅力，不仅仅是女人希望性感，男人也是一样的。我的老伴知道我喜欢看他衬衫打开两个扣子而露出胸毛的样子，出去吃饭的时候，坐在我的对面，他会故意这样做。我微笑，彼此心照不宣，这是甜蜜的快乐。

我观察在中国的当代文化里，性感似乎专指女人，很多男人并不注意自己是否性感，是否吸引人。而在美国男人做健身（不仅仅是健身），也是希望自己吸引爱和欲望的目光；女人穿得性感，也不仅仅是自己快乐，也是为了吸引爱和欲望的目光。赞美一个女人性感，那是对她魅力的最大赞美。性感，是让世界充满美丽的动因之一。

我给学生解释说，在中国人的传统观念里“性感”一词有时含有贬义。我的学生都惊讶地大叫：怎么可能？我使劲地点头：“是的，真的。可以说一个人的服装好看，一个人的服装漂亮，你却不能对这个人说，你的服装让你充满性感。如果这样说，这个人可能就会很生气。”特别是中年女人，她们会更生气。我的学生集体皱眉摇头道：“为什么？性感有什么不好？穿衣服难道不是为了显得更有吸引力吗？”

我解释说，中国的服装文化，特别是古代的服装文化，强调的是跟大自然的和谐。在这种哲学思想的影响下，古代中国男女的服装很相似，基本样式差别不大，只是颜色和装饰不同。二十世纪以来，中国在现代化过程中，服装颇受西方影响。三十年代上海等大城市里强调女性的性感，看看那时的广告宣传画面就知道了。新中国成立之初，性感彻底消失，女人的服装跟男人的服装差不多。改革开放后，在“性感”这个概念上，这几年可能开始有所变化，年轻人有不同的想法了。但是在我所熟悉的中国文化里，中年男女，如果非常注意自己的性魅力，就被看成是道德有问题的人了。所谓好男好女都不喜欢性感，也不愿意被别人看作性感。性感在中国文化里与风骚的女人、不正经的人有关。一个正经的中国女人，只能好看，却不能性感。大多数中国的中年男人，可能有希望女人性感的欲望，却很少有让自己非常性感的愿望。

服装落实到最后，还是司马迁的论述：“为悦己者容”。一是为了“悦己”，让自己快乐；二是为了“悦己者”，让我们用自己的服装给那些爱我们的人，带来眼睛和心灵的满足；三是让我们更有吸引力，“悦”这个字的偏旁是心，而主字“兑”的意义是交换。交换心，不就是彼此有吸引力吗？彼此看着，嘴上不说，心交换起来，多么浪漫的吸引力。

古代人深懂“悦”的含义，“死生契阔，与子成说；执子之手，与子偕老”。茫茫生与死的广漠距离之间，我与你彼此交换了心；拉着你的手，我要和你一起变老。这是中国最伟大的爱情诗歌，就在中国最早的诗歌集《诗经》里。

诱惑、性感，我的服装是给你看的，让你用心做交换。

化妆化成跳大神的

我突然想到 Lord & Taylor 去买面霜。买东西的想法从来都是突然的，那天想去买地毯，结果，一下子买了两块手编羊毛地毯回家。我总是听从于这种突如其来的念想，从来没有走之前写一个购物单子的习惯。我总是突然想、突然做，这样的冲动在日常生活里好像是电光一闪，我会突然满怀渴望，渴望走进 Lord & Taylor，看看那里在灯光下都很诱人的衣服，看看有没有大减价的衣服。

于是我就赶快洗澡，换长裙，换鞋，上商场走一走，让自己坐在家里一天的身体伸缓一下。开着车，小雨霏霏，想到中国的古诗，“清明时节雨纷纷，路上行人欲断魂”。在我最需要抒情的时候，古诗总是跑到嘴边，脱口而出。现代的新诗，为什么总是不能如此上口呢？一个朋友在整理她写的宋词笔记，我倒很想写写蔡文姬，甚至赞美郭沫若，因为刚刚看完郭沫若为蔡文姬的诗歌写的文章，写得非常好。

一路想着诗歌就到了商场，这叫满怀诗情去商场。

Lord & Taylor是美国历史最悠久的一家服装商场，属于中档偏上一点的价位，不过，我都是在减价的时候才买的，不然太贵，买不起。可惜面霜从来不减价，只能叹气，甚至盼望假冒面霜出现，那价格一定低一点。

商场的一楼是化妆品柜台。我在中国的时候，发现服装商场也学西方的样子了，第一层刚进门的楼层都是光鲜亮丽、明亮照人的化妆品柜台。 些妆化得完美无缺的大美人眼神迷茫地看着你，让每一个不完美的女人心向往之。我看那些美人，特别是她们湿润的嘴唇，总是觉得备受诱惑。我是一个很容易被诱惑的人。

我径直走到倩碧柜台，一直不明白中国为什么把Clinique翻译成这么稚嫩的"倩碧"，听起来好像个丫鬟的名字。我用这种面霜多年，喜欢它没有味道、简单实用、价钱适中。我绕柜台一周，也没发现人，站在那里犹豫不定，不要去找个售货员过来？正在此刻，一个瘦小的女人忽然出现在我的眼皮下，问："你要买什么？"

我定睛一看，她是售货员，戴着售货员的徽章，便低头告诉她我要买哪种面霜。她仰头看着我，脸上化着浓妆，一时半会儿没想到她也是亚洲人。她走进柜台去找，一两分钟后走出了来，两手空空的，"我不是卖倩碧的，找不到你要的那种。其实我们的雅诗兰黛也有同样功能的化妆品，你为什么不试一试？"我说："我习惯了倩碧，知道我要买的是什么。"她劝着说，"你过来，给你看我们有什么产品，你试一试，可能也会喜欢。"她是一个推销员啊！

这两个柜台彼此挨着，我只转身就到雅诗兰黛了。她热情地说："你坐下，你坐下，让我仔细研究你的皮肤，看看给你什么产品好。"我说："我知道我的皮肤，非常干燥。""这样啊，那我就给你这种产品看一看。"她拿来一盒油，我打开看。她在左右看着我，积极地建议："要不然，今天我给你化一个妆，你回家的时候，准让你的家人看不出你是谁了。"

我笑起来，"别，我的家人要是看不出我是谁来，可能以为我是来盗窃的，那还行？”她仍坚持，“真的，真的，我给你化妆吧，一定会让你满意。”我常常看见别人坐在柜台旁的高椅上化妆，自己从来没有机会也没试过。此刻这位售货员如此积极热情，不妨一试，我就坐了下来。

我一辈子也不知道化妆如此复杂。首先是要把脸上已经有的面霜擦掉，她用了好几张湿漉漉的去妆纸，我的脸被擦得一阵微疼，因为我猜那种纸里有酒精。再拿纸擦干，然后用定型液，莫名其妙的感觉。她往我的脸上抹了十秒钟不到，问我：“你感觉怎么样？”我说，“我的脸，好疼啊。你给我抹的是什么？”

她一边说一边做，好像我是盲人看不见她在做什么一样，“我现在给你上‘每天早上的理想主义者’。”我问：“这位理想主义者要做什么？”“让你的皮肤感到柔软光滑。”她又说，“我现在给你抹多层次瞬透保湿霜。”这词我听着很新鲜，拿瓶子过来仔细看，也算学一个新词。“眼部修复精华霜”我也接过这很好看的、深红透明的小瓶子，看不出名堂来。她继续说：“我给你上完美粉底霜。我用两种，你看怎么样？”她拿一个刷子，刷两种不同的粉底在我的脸颊上，我觉得自己的脸好像是墙一样。她拿来镜子让我看，我看不出有什么不同。“随你便。”我说。她自言自语：“我觉得这种好。”她继续在我的脸上用各种刷子，做各种描摹，好像我的脸突然成了画板。然后，然后，她一直“然后”下去，我闲得无聊，找一些话题。

“你是从哪国来的？”“泰国。”她说。我在这个过程中已经猜出她是泰国或越南人。她很自豪地问我：“你猜我多大年龄了？”我自然是懂得猜年龄的规则的，总是在猜到的女性的年龄下减二十岁。我说，“你四十多岁吧。”“啊啊，”她大笑，“我六十三岁了。我女儿四十岁，儿子也三十八岁了。”我故作摇头：“看不出来，你显得非常年轻。”她点头：“这都是雅诗兰黛的好处啊。这个产品我用了四十年了。”我微笑，听她继续做广告。

她说她的姐姐先来到美国上学，觉得自己太寂寞，要妹妹来陪，她高中毕业也来了，在费城上大学，我问她学什么，她说她学经济。因为她的叔叔是泰国驻美国的大使，毕业后在泰国大使馆工作。然后她遇到了她的丈夫，结婚、生孩子。为了离他们的女儿和外孙们近一些，现在搬到阿纳泊利斯。她的丈夫是律师，已经退休，但是在家里有一个咨询办公室，所以她来商场当售货员，“不然我们天天在家见面，就会磕磕绊绊的。”她说，“我上班，回到家我们就很高兴见到彼此。”这倒是美好婚姻的秘诀，“我们是磕磕绊绊的，哪个婚姻不是磕磕绊绊的呢？不过好也罢，坏也罢，婚姻就是遵守誓言，穷富都得过日子。”说得不错。

她的个子非常矮，瘦矮的南亚人，脸一直紧挨着我，可以比较仔细地看她的脸。她不太像泰国人，泰国女人有一种特殊的娇柔，她没有。她的脸上有很多细小的黑痣，牙齿发黑，不是美国中产阶级生活方式的产物，因为美国有非常好的保健牙医，一般在美国生活的人，牙齿都洁白。她化的浓妆让她看起来更像是“跳大神”的女性。想到这里我突然意识到：完蛋了，让这样的人给我化妆，我不是也要像“跳大神”的了吗？

我赶快拿起镜子看，天！我真的没认出自己来，一下子从椅子上跳下来，摇着头说：“上帝啊，我怎么成这样了？”镜子里的脸如同京剧人物一样，两腮桃红，嘴巴鲜红，眼睛上面也是粉红色的，眉毛拉长，因为这么厚的粉，我本来有的皱纹是不见了，但我担心粉会簌簌扑落。

她很得意："你看，认不出自己来了吧。"我不知道是该抗议还是赞同，实在不愿意伤害她，我说："真认不出自己来了。这样吧，你想让我买什么，我挑几样，也别让你白花了一个钟头，怎么样？"

"难道不喜欢我给你化的妆？"她有点失望。我摇头："是不习惯，很不习惯，我不习惯看自己的脸像戏剧脸谱。"她说："你们日本人不是这样化妆吗？""谁说我是日本人了？""我看你像日本人，你一进来我就注意到了，我想你是日本人。"我说："你这是日本妆吗？我看起来像艺伎了！还是把你想卖给我的产品拿来，我买吧。"

她拿起每一个她用过的产品，至少有二十种，让我买这个，买那个，把口红递给我，我说，一辈子没抹过如此艳红的唇膏。我忍不住问："你每天早上都在脸上用这些产品？要花多少时间？"她说："是啊，是啊，用不了一个钟头。"我摇头想，我早上从来连三分钟都不用。她给我的产品，一共七百多美元。我想，为这个"跳大神"妆要我七百多，忍不住继续摇头，挑了两样，也一百多块了，"就这两样吧。"我边付钱边说，"我是中国人。"她突然惊喜："我也是四分之一的中国人。爷爷是中国人，奶奶是泰国人。”她开始要诉说家史，而我当时想的却只有一个：快点回家，别让人看到我，别让世界看到我。

匆匆地付了钱，连账单也没看，用手挡住脸逃出商场。我跳进汽车，径直开回家，一点诗情都没有了，一句诗也没想起来。进门，一边脱衣服，一边走进浴室，冲进了淋浴里。

这就是我人生第一次让别人给我化妆，竟化成了“跳大神”的，哼哼。

图书在版编目（CIP）数据

一个女人看女人 / 沈睿著 . -- 太原 : 山西教育出版社 , 2015.3（沈睿随笔）
ISBN 978-7-5440-7484-1

Ⅰ . ①一… Ⅱ . ①沈… Ⅲ . ①随笔—作品集—中国—当代 Ⅳ .
① I267.1

中国版本图书馆 CIP 数据核字 (2014) 第 278591 号

书　　名：一个女人看女人
作　　者：沈睿

出 品 人：雷俊林
策 划 人：孙　轶
责任编辑：郭文礼
助理编辑：胡　越
装帧设计：后声 HOPESOUND Pankouyugu@163.com ・王国鹏

出版发行：山西出版传媒集团・山西教育出版社
（地址：太原市水西门街馒头巷 7 号 电话：0351-4729801 邮编：030002）
印　　装：山东临沂新华印刷物流集团有限责任公司
开　　本：787x960　1/32
印　　张：11.25
字　　数：230 千字
版　　次：2015 年 3 月第 1 版
印　　次：2015 年 3 月第 1 次印刷
书　　号：ISBN 978-7-5440-7484-1
定　　价：37.90 元

女人给女人的赞歌

女人之为女人的荣耀

【女人·自我】

永远别相信别人会给你带来幸福的许诺，

只有你才能给自己创造幸福。

创造你的生活，把你的日常生活种植成美丽的花园，

爱人和孩子都是锦上添花，

而你才是花园的创造者。

婚姻不是你的一辈子，爱人也不是，

你才是你的一辈子，

把每天都安排得丰富而有意义，

你就有了丰富而有意义的一生。

【女人·青春】

从长着白发的窗口写给十六岁的我：

自我期许有多大，你就能长多大。

【女人·坚毅】

做坚毅的女性！

生活中会遇到挑战无数，

仅仅因为你是女人，世界就会不相信你的能力，

不相信你的才干，不相信你的智慧，

他们要你闭嘴，他们要你屈服，他们要你低眉顺眼，

但你一定记住：

坚毅是女人的品格，做一个坚毅的女人。

【女人·幸福】

工作、爱情、家庭、孩子、朋友、好吃的饭、好看的衣，

我们什么都要！

不要自我设狱，不要将家庭与工作对立，

一个在公共领域内得到肯定的女性，

一定有能力和智慧把家庭弄得妥妥贴贴。

——有一种女人，不让她美好幸福都难。